从 这 里 出 发

上海博物馆、上海图书馆建馆 70 周年联展

目 录

宏图七十载，踔厉向未来

上海图书馆馆长　陈超

在中国共产党第二十次代表大会胜利召开之际，上图人迎来了上海图书馆成立 70 周年的历史时刻。今天，我们与上海博物馆、上海市历史博物馆一起梳理创建初期历史、回顾建设历程、展望未来愿景，携手践行"人民城市人民建，人民城市为人民"的历史使命。

回顾 70 年，上海图书馆至少有四个具有里程碑意义的年份——1952 年建馆开放、1958 年"四馆统一"、1995 年"馆所合并"、1996 年淮海中路馆开放。现在，我们迎来了第五个里程碑：2022 年上图东馆建成开放。上图 70 年发展史再次雄辩地证明了图书馆最重要和最宝贵的资源是馆员、馆藏和馆舍。两次机构合并、两次大体量馆舍建设都是上图实现跨越式发展的战略机遇，实现"馆员、馆藏和馆舍"在数量与质量上直接、快速的增长与提升。正如哲人所言"图书馆是一个生长着的有机体"，70 年来薪火相传生机勃勃，实现了一番宏图伟业。

一、"上海也是书海"——诞生在新中国的朝阳里，与共和国同行

回眸 70 年中的前四十多年，上图人始终奋发图强，风雨兼程，奠定了"全国第二中心图书馆"的行业地位。

1952 年 7 月 22 日，上海图书馆在南京西路 325 号开馆。早在丹阳讨论接管上海时，陈毅同志就叮嘱道："要组织力量，加强对（上海）文物图书的保护，因为上海也是书海。"

1. 四源汇流，海纳百川——积累丰富藏书，形成馆藏特色

上海图书馆的馆藏与上海的经济、文化和历史发展息息相关，是上海城市文脉的重要见证与标志，是与上海城市定位和地位相匹配的。上海图书馆初建时，藏书 65 万册。1958 年 10 月，上海图书馆与原鸿英图书馆、原合众图书馆和原明复图书馆"四馆统一"合并为新的上海图书馆，初步成为一个拥有藏书百万册以上的大型综合性公共图书馆。之后又陆续接收了徐家汇藏书楼、亚洲文会图书馆和海光图书馆的藏书，经过逐年补充，建馆 40 周年时总数已增至千万册，不仅数量庞大，且藏书体系渐臻完备，特色显著。

2. 编目出版，专业开放——推动工作标准化、现代化、国际化

顾廷龙馆长曾道："我做的工作很普通，归结一下只有六个字：收书，编书，印书。""收

书"即馆藏建设;"编书"即编制书目索引;"印书"即出版。上海图书馆在前 40 年里,编制馆藏目录、专题目录、推荐书目以及专题文摘等千余种,特别在编辑出版大型书目方面,成绩显著,如《中国丛书综录》《中国近代期刊篇目汇录》《中国古籍善本书目》等三部书目充分反映了馆藏特色。从 1955 年发行至今的《全国报刊索引》,在全国图书馆界也很有影响。除了"编书",上海图书馆还基于珍稀特色馆藏做了大量"印书"工作。自顾廷龙馆长提出使孤本不"孤"的印书计划开始,影印馆藏古籍的工作几乎未有间断,大量孤本得以再生性保护,有力支持服务了学术界,更传承发扬了中华优秀传统文化。改革开放后,上海图书馆越来越重视图书馆工作现代化和国际化发展。

3. 协调辅导,资源共享——推动全市图书馆事业发展

上海图书馆成立不久就被赋予区域和行业发展"领头羊"的重大职责。1957 年国务院要求在上海成立全国第二中心图书馆。1959 年 3 月,"四馆统一"后的上海图书馆被列为"二中心"成员馆之一,并作为"二中心"的核心馆。除此之外,上海图书馆作为研究型公共图书馆,贯彻为科学研究和生产建设服务的方针,担负起建设上海市科技图书馆协作网和"大众图书馆网"的重任,并设立今天协调辅导处的前身——"建网组"。上海市的公共图书馆网在 1960 年即已初步形成。"文革"后经过恢复发展,很快形成一个比较完整的市—区县—街镇三级图书馆网。

二、"图情并重,图情并茂"——合并在新馆建成之际,与新世纪同频

回眸 70 年中的后二十多年,上图人坚持图情并重,春华秋实,实现了"国内一流、国际先进"的发展目标,基本建成世界级城市图书馆体系。

1996 年 12 月 20 日,淮海中路新馆开馆。新馆开放前的 1995 年 10 月,上海图书馆和上海科学技术情报研究所合并,全国第一个省市级图情联合体正式建立。1995 年以来的二十多年中,经过全体干部职工的共同努力,图情事业取得跨越式发展,基本建成世界级城市图书馆体系。

1. 形成"三个面向"图情服务体系,实现跨越式发展

二十多年来，馆所逐步形成面向社会公众、面向专业研究群体与企事业单位、面向党政决策部门的"三个面向"服务体系。

面向社会公众。一是提供以借阅为基础、以知识传播为核心的公共文化服务。实施"365天天天开放""360行行行可办证"以来，服务时长超过纽约、伦敦、巴黎等国际大都市公共图书馆。2021年末，有效持证读者数574万余人，超过纽约市三大公共图书馆系统2021财年度的持证读者数527.5万人。2020年之前，上海市中心图书馆系统的年外借量稳定在3000万册次以上，2020年因疫情影响暴跌，2021年回升至2221.3万册次，超过纽约市2021财年度的1864.5万册次。二是顺应信息技术发展，开拓新阅读体验和泛在知识服务。2021年在线服务注册读者数超148万，全年数字服务量超1.6亿次。每年推出"我的悦读"年度阅读账单和《上海市公共图书馆阅读报告》。三是图书馆服务活动化、品牌化。目前，已扩展到长三角地区的阅读马拉松、每年4·23的"上图之夜"、贯穿全年的"阅读季"等，为公众带来全新阅读体验。

面向专业研究群体与企事业单位，秉持开放创新，提供个性化的专业图情研究服务。"网上联合知识导航站"实现图书馆间的合作共享。"创之源@上图"及"创·新"空间，面向中小企业和公众，支撑创业、创新和创意；产业图书馆提供科技咨询、产业研究、市场调研等服务，助力企事业单位研发创新。知识发现门户，为学习研究提供便利，是疫情期间线上服务的主战场。专业服务门户在刚刚过去的3—5月中，访问量比去年同期翻番（331万—670万人次）。2020年，馆所被认定为世界知识产权组织技术与创新支持中心。

面向各级党政决策部门，提供定制化的决策咨询服务。《上图专递》《竞争情报》"第i情报""媒体测评"等项目，为城市、产业发展提供决策参考。近三年，内参简报获市级领导及以上批示43人次，2021年获中央领导实质性批示。定题研究成果屡获国家和上海科技进步奖、上海决策咨询成果奖，多项成果为政府部门采纳。馆所先后挂牌"上海文化创意产业信息中心""上海前沿技术发展研究中心""文旅部文化和旅游研究基地"及上海市重点智库，馆所决策咨询服务趋于特色化、专业化和深入化。

2. 构筑国内外三大图情服务网络，实现品牌化发展

二十多年来，馆所构筑了由上海市中心图书馆系统、上海行业情报发展联盟和"上海之窗"国际图书馆合作伙伴网络组成的三大图情服务网。

中心图书馆系统，助力馆所与全市公共图书馆资源相互汇聚。经过二十余年发展，已实现"一城、一网、一卡、一系统"目标。"十三五"末，中心图书馆在不少关键绩效指标

上已与纽约、伦敦、巴黎等世界级城市的公共图书馆系统旗鼓相当，部分指标处在领先位置，综合分析看，上海城市的公共图书馆系统已经实现了基本建成世界级城市图书馆体系的目标。上海行业情报发展联盟，助力馆所与情报行业的智慧相互碰撞。联盟立足打造主题科普活动，探索建立行业专家库，探讨情报合作研究机制，保障图情研究工作深入展开。"上海之窗"国际合作网，助力馆所与全球互联互通，彰显上海城市精神，展示中华文化魅力。

基于这三大网络，馆所成功建设并输出一批知识服务品牌，包括"上图讲座""上图展览""上图专递""历史文献精品年展"《全国报刊索引》"上海国际图书馆论坛""竞争情报上海论坛"等，大大提升馆所在国内外和行业内外的影响力。

3. 坚持藏用结合的图情服务理念，实现纵深化发展

二十多年来，感恩政府扶持、社会赠与和馆员主动征集，馆所的馆藏规模逐年扩充，特点立现。尤以三百多万册历史文献蜚声中外。翁氏世藏、罗氏专藏、翁同龢日记与手稿等先后入藏。家谱、年画、碑帖、历史原照、名人手稿等馆藏精选，使馆所成为国内此类文献收藏数量最多的图书馆之一，更成为国内外收藏中国家谱原件最多的公藏机构。

基于藏用结合理念，不断深化馆藏整理研究，其中尤以历时九年完成的《中国家谱总目》为家谱研究成果之典范，获 2009 年度全国优秀古籍图书一等奖，被认为是中国家谱整理与研究"一个里程碑式的成果"。

基于藏以致用目标，不断开放馆藏资源。2015 年推出三大"互联网＋"服务举措：即中国家谱家训族规资料网上 3D 展，500 种精选馆藏家谱在线全文阅览，以及面向数字人文的家谱原型系统。2016 年举办我国首个家谱开放数据应用开发竞赛，也是我国首个图书馆开放数据应用开发竞赛，如今赛事每年举行。

三、"世界级城市图书馆"——初见于东馆建成之际，与新时代共进

展望 2035 年，任重道远，我们将加快构建新发展格局，推动高质量发展，全面建设符合时代需求的世界级城市图书馆。

2022 年建成试开放的东馆是上图又一个里程碑、转折点和新起点。21 世纪以来的探索实践，让我们不断深化对"世界级城市图书馆"的认识。其内涵至少包括两个层面：一是要引领全市图书馆共建一个具有中国特色的世界级城市图书馆体系；二是要加快建设一个具有全球影响力的世界级研究型公共图书馆。"十三五"末，我们已经把上海市中心图书馆基本建成一个具有中国特色的世界级城市公共图书馆系统，"十四五"期间我们已经开

启全面建成世界级城市图书馆体系和世界级研究型公共图书馆的新征程。这是我们新的赶考之路。

1. 面向未来，我们要坚持"创新驱动转型，战略引领超越"

创新，是图情事业发展的内在动力。转型，是图情事业发展的大势之趋。唯有用创新驱动转型才可能成功与永续。当前，我们正在探索建设一个大阅读时代的智慧复合型图书馆，这是一条传统图书馆的艰难转型之路。我们必须竭力服务创新、勇于业务创新、敢于管理创新。

战略是从全局、长远、大势上作出判断和决策。战略管理要贯穿所有领域。战略上判断得准确，战略上谋划得科学，战略上赢得主动，我们的馆所才能和时代同频共振、与城市茁壮共生，我们的图情事业就能大有希望。

2. 面向未来，我们要坚持"理念先行、战略引领、实践落地"

先进的理念需要正确的战略来指导实践，正确的战略需要正确的战术来落实和执行。我们要保持虚怀若谷的精神，保持学无止境的态度，发挥图情研究的专长，常常对标对表，保持对趋势和前沿的敏锐洞察，始终拥有科学先进的理念。当前，数字化转型是当务之急。在充满不确定性的未来世界中，最终考验我们的就是如何处理好理念、战略和实践的关系问题。

我们必须全面贯彻新发展理念，坚持用"大阅读"理念建设新一代智慧复合型图书馆，坚定"智慧、包容和连接"的转型战略，用"信息物理系统"和"元宇宙"理念建设智慧图书馆，努力打造一座拥有"互联网+""阅读+"和"图书馆+"思维能力的研究型公共图书馆。我们将以东馆开放为契机，坚持"四新"发展方向，即：馆舍功能呈现新格局、馆藏建设打造新特色、图情服务塑造新优势、事业管理追求新境界。

3. 面向未来，我们要坚持"高质量发展、可持续发展、基于优势的发展"

"后东馆"时代将是上海图书馆加快构建新发展格局，推动高质量发展的关键期。高质量发展必然是可持续的发展和基于自身优势的发展。可持续发展不仅仅意味着绿色环保低碳化运营，还应是包容性发展，也是科学发展，我们要探索构建全面可持续的图书馆发展与治理新范式。

"基于优势的发展"是一种战略管理思想，任何一个组织都应构筑自身的核心竞争力。我们最大的优势就是图情一体化，坚持图情并重并茂是保障基业长青的关键。未来，我们将一如既往地尊重图情事业的内在发展规律，把握图情融合发展的长效路径——即：以"图"为主广泛服务公众，"图情一体"悉心助力专业，以"情"为主深化智库服务，全面深耕"图情并茂"战略。我们要打造"连接一切，无所不在"的公共文化空间，提供以阅读服务为核心的丰富多元文化体验，用文化、艺术和科技推广阅读，用阅读开展文化、艺术和科学普及。我们要打造支持"大众创业，万众创新"的公益众创空间，提供以图情一体化为特色、支撑创新／创意／创业的知识服务。我们要打造"支撑创新，支持决策"的新型智库空间，提供以科技、产业和文化为重点的，具有鲜明情报特色与优势的决策咨询服务。

宏图七十载，踔厉向未来；壮丽七十年，奋斗新时代。馆所将和上海一起迈向卓越的全球城市，一座伟大的城市必有一座伟大的图书馆。我们的事业将为上海2035年的梦想加油。历史和实践告诉我们，任何挫折和磨难都不可能打败上海，只会让这座城市和她的市民更加坚强和伟大。扬帆启新程，奋进谋新篇。我们一起向未来，我们坚信：一个具有全球影响力的世界级城市图书馆体系和一座世界级研究型公共图书馆一定指日可待。

守正创新　追求卓越

——打造中华文化的"精神家园"和人类文明的"百科全书"

上海博物馆馆长　褚晓波

站在向第二个百年奋斗目标进军的历史起点上，站在时逢盛世肩负重任的奋斗道路上，上海博物馆迎来了建馆 70 周年的重要时刻。此次，上海博物馆与上海图书馆、上海市历史博物馆携手本市文博单位，推出"从这里出发——上海博物馆、上海图书馆建馆 70 周年联展"，借助珍贵的馆藏和史料，一同呈现以这座城市文化地标为原点，不断成长、繁荣起来的上海文化事业新貌。

回首 70 年的发展历程，上海博物馆经过了 20 世纪五六十年代的艰苦创业、跌宕前行，七八十年代的卧薪尝胆、锐意进取，90 年代以来的开拓创新、精益求精，特别是党的十八大以来，始终以打造世界顶级的中国古代艺术博物馆、以引领中国博物馆行业的高质量发展、以赋能城市文化软实力建设为己任，成为了全国文博界的佼佼者。

一、中国文物藏品保管和科学研究的重要阵地

文物是博物馆的生存之本，通过对文物的保藏与研究，连接起中华优秀文化的昨天、今天与明天。

（一）　聚力文物征集，潜心考古发掘

建馆之初，上海博物馆就通过收购、受赠、抢救、调拨等多种途径开启了孜孜不倦的文物征集历程，上海博物馆的文物收藏有两大特点。

1. 有一群舍己为公、气节高尚的老朋友：潘达于、胡惠春、顾氏家族、杜维善、何鸿章、倪汉克……截至目前，上海博物馆共有受赠文物 8.8 万余件，其中珍贵文物 3.3 万余件。

2. 有一群专业、执着的文物工作者：从冶炼厂、废品回收站等处拣选、抢救出大量珍贵文物，改革开放之后又积极抢救流失海外的珍贵文物百余件。除此之外，上海博物馆还有一支经验丰富、成果显著的考古发掘队伍：1956 年成立考古组，挖掘的志丹苑元代水闸遗址和青龙镇遗址分别荣获 2006 年度和 2016 年度中国十大考古新发现，崧泽遗址发掘入选中国考古百年百大考古发现。近年来又将考古目光聚焦于海外考古和水下考古，2018 年首次远赴斯里兰卡开展联合考古，2022 年参与长江口二号古船考古。

（二）汇集科研力量，领航学术前沿

上海博物馆十分重视相关学科和专业的学术研究工作，在相关学术领域推出过极具开创意义及行业权威性的学术研究成果，并形成了两大优势。

1. 每次大展均配合举办国际学术研讨会，出版论文集，将展览、鉴赏、座谈、研讨融为一体，70 年来共举办各类学术会议、论坛 50 余场，至今出版学术专著 300 余本，屡获各类国家级、省部级图书奖项。

2. 拥有国内最雄厚的文物保护科研力量，作为国内最早开展文物保护科技工作的博物馆之一，拥有"可移动文物修复资质"，承担并编制发布国家标准 3 项、行业标准 25 项，获国家专利授权 42 项，文保科技项目获国家科技进步奖等国家级奖项 23 项，2 项文物修复技艺被认定为国家级非遗代表性项目，6 项文物修复技艺被认定为上海市非物质文化遗产传承项目。1989 年创办的《文物保护与考古科学》学术期刊为我国文物保护和考古科技领域的唯一专业核心期刊。

二、 "世界看中国、中国看世界"的重要窗口

展览展示是博物馆特有的语言，通过文物展品的排列组合，讲述特定时空下的人地关系，勾勒历史发展轨迹，弘扬人类优秀文化，促进文明互鉴。

（一）推动对外交流，深化文明互鉴

身负国家与城市文化形象的重任，上海博物馆勇做对外文化交流的排头兵，拥有诸多亮点。

1. 创下多个国内第一：第一个在陈列展示中使用中英双语说明，帮助海外观众更好欣赏中国文化；第一个在博物馆组织体系中设立"文化交流办公室"，以专业外语人才优势，开展博物馆对外文化交流工作；第一个在展馆建设中募集海外捐赠，并以捐赠人姓名命名其认赠的展厅或设施，为社会参与和支持博物馆建设创导了一套开放和激励机制；第一个拥有海外基金会——美国上海博物馆之友，利用海外资源支持和资助博物馆各项事业的发展；第一个引进国际学术研讨会机制，推动学术交流；第一个为海外博物馆定期培训学生志愿者，开辟了中国文化传播的新途径。

2. 在实际工作中逐步形成独具特色的工作模式：（1）以学术交流为主线，早在 1958 年就开始编译"国际文博参考资料"。自 20 世纪 80 年代起，通过举办国际学术研讨会大力开展国际间学术交流，同时积极拓展与国际博物馆界的全面接触。（2）以展览展示为抓手，自 1976 年以来至今已组织或参加了赴境外的各类展览 150 余批，展品近万件，展地遍及亚洲、欧洲、美洲、大洋洲等 30 多个国家和地区、70 余座城市的 100 多家文博机构。（3）以文物藏品为媒介，发展博物馆的海外之友，结交了一批侨居海外、热心祖国文博事业的友好人士，不仅为上海博物馆捐款、捐赠文物，还为引进海外展览牵线搭桥和寻找赞助，为国际间交流项目提供资金。（4）改革开放之后开始尝试与世界著名收藏和文物研究机构建立长期合作、互惠互利的交流机制，先后与 100 多家文博机构开展全面合作。（5）利用馆藏和文创资源，为海外研究、攻读或爱好中国文化的专业人士和学生提供研究、实习或培训条件。

（二）整合优势资源，优化展览展示

作为博物馆呈现给公众最直观的形象，除了在常设陈列体系和陈列设计方面不断推陈出新以外，上海博物馆自 1958 年起就开始了国内文物的借展工作，1978 年举办第一个从境外引进的特别展览——"伊朗绘画展"，开启了国外引进展的序幕。在特别展览方面，上海博物馆一直表现出紧扣时代的特点：1. 自 1952 年至 1995 年，上海博物馆一共举办了 105 个特别展览，有中国古代艺术分类展、革命文物和图片展、流动展等。2. 随着人民广场馆舍于 1996 年建成开放，形成了六种类型的特别展览：世界古文明系列展、中国边远省份和文物大省文物精品系列展、中外文物艺术名品展、馆藏文物珍品和捐赠文物展、馆内外文物结合的专题性展览、围绕历史人物主题的艺术性展览，自 1996 年至 2022 年，共举办特别展览 164 个。3. 不断推陈出新，积极发挥在国内国际配置大资源的能力，自 2021 年起，上海博物馆创设了"何以中国"文物考古大展系列和"对话世界"文物艺术大展系列两个展览品牌，目前已经推出了"对话世界"系列的第一场展览"东西汇融——中欧陶瓷与文化交流特展"和"何以中国"系列的第一场展览"宅兹中国——河南夏商周三代文明展"，并将在明年分别推出两个系列展览品牌的第二场展览，"从波提切利到梵高：英国国家美术馆珍藏展"和"长江下游早期文明大展"。

三、中国文博改革创新和示范引领的重要标杆

上海博物馆始终坚持为社会及其发展服务，通过深化服务理念和丰富服务手段，践行公共服务职能，并以此拓展博物馆发展半径，促进改革创新。

（一）丰富社教服务，扩大品牌影响

上海博物馆一贯重视社会教育服务，在历史的沿革中不断凸显其创新性：1. 在 1952 年成立伊始，上海博物馆就组建了负责社会教育职能的群众工作部，主要以陈列讲解和组织流动展览为主。2.1958 年群众工作部更名为宣教部，工作内容也拓展为举办流动展览、文物知识大赛、青少年文物夏令营、知识讲座、与院校和图书馆合作、在报刊上开辟文物博物馆宣传专栏等。3. 人民广场馆舍开放后，正式建立起了现代化的博物馆教育框架。1996 年宣教部正式调整为教育部，聚焦于不同受众、不同需求的教育项目的研发、实施与跟踪，强调"以人为本"，充分尊重公众的主体地位，形成了一批诸如"上博学院""上博讲坛""江南文化讲堂"等在内的具有广泛社会影响力的教育品牌。近二十年来，推出教育读物 105 种、公众讲座逾 1400 场、各类活动逾 8000 场、线上课程 222 种，官方微信关注人数超过 100 万。

（二）推进数字发展，引领智慧建设

在数字化应用方面，上海博物馆称得上是中国文博界的开拓者：1.1984 年在及时捕捉到时代发展趋势的基础上，率先成立了以计算机服务为核心工作的电脑组。2. 1996 年刚建成开放的人民广场馆舍成为中国第一座通过国家建设部技术鉴定的智能建筑。3. 自 2000 年起，上海博物馆数字化建设进入全面发展时期，建设了"两网六库"："两网"即官网和文物信息网，"六库"即文物藏品信息管理库、国际文博信息管理库、文博数字视频库及其应用、数字文博图片库、文博数字图书库以及藏品保管总账。4. 自 2010 年起，积极尝试在多媒体展示、网上云展示等方面的探索。在"丹青宝筏：董其昌书画艺术展"中推出了"董其昌数字人文"专题，之后又推出了"宋徽宗数字人文"专题。5. 近年来，积极通过数据赋能、技术赋能，打造以东馆为典型代表的行业示范型智慧博物馆，努力建设"一个体系 + 二大基础 + 三方面应用"，即一个智慧博物馆标准规范体系，包括硬件及网络支撑平台和数字资源管理中心的二大支撑平台，包括服务与传播平台、研究与保护平台、管理与保障平台的三个应用平台。

（三）探索文创转型，推动产业融合

上海博物馆也是国内最早涉足文创领域的博物馆之一，1958 年组建文物修复复制工场、20 世纪 80 年代开设第一个售货柜台、1996 年出资 200 万元正式成立艺术品公司、2016 年成立文化创意发展中心提出了"大文创"发展计划、2020 年艺术品公司正式更名为上海博物馆文化创意有限公司。时至今日共开发文创产品 11692 种，与国内外 70 余家文博机构建立合作交流，文创产品远销海外，走出了一条特色发展之路：1. 上海博物馆始终坚持培育自己的研发、经营队伍，以保障博物馆文创产品的文化内涵和过硬品质。2. 配合常设展览和特别展览研发成系列的文创产品，将文创纳入全馆性工作。3. 在专业保障的基础上，广泛与社会力量合作，通过 IP 授权等形式促进品牌共赢，通过拓展销售渠道增加品牌影响力，推出了"博物奇趣"系列产品、"博观悦取"咖啡文创品牌等深受公众欢迎。4. 积极投身数字文创产业发展，基于区块链技术，推出"海上博物"上海博物馆数字藏品发行平台，探索元宇宙建设，自 2022 年 8 月正式上线以来，共发行数字藏品 35 件，销售额达 250 余万元。

四、中国文博人才聚集和人才培养的重要高地

人才是第一生产力，也是我国实现民族振兴、在国际竞争中赢得主动的战略资源，优秀的人才队伍是推动中国文博事业发展的有效动能支撑。

（一）集聚文博人才，提升专业素养

上海博物馆多年来培养了一批又一批的专业技术人才和管理人才，为博物馆的事业发展提供了有生力量。1. 目前，上海博物馆专业技术人员占比 71%，包括国家"千人计划""万人计划"领军人才、国家文物鉴定委员会委员、文化名家暨"四个一批"人才、国务院特殊津贴专家、国家级非物质文化遗产代表传承人、上海市领军人才、文化部优秀专家等。2. 自 20 世纪 80 年代起，上海博物馆就积极引进和选拔一批适应博物馆事业发展的管理人才和非文博系统的专业技术人才，为博物馆的现代化管理奠定了基础。3. 对人才队伍进行了长期持续的、形式多样的培养：举办各类培训课程，选派人员培训学习，输送人才高校进修，组织专业人员出国学习，以师带徒传授鉴定修复，打造"三代人"的人才梯队。

（二）注重队伍建设，深化机制改革

上海博物馆不断探索，开拓创新，为上海乃至全国的文博人才队伍建设与培养做出了积极的贡献。1. 大力推动人事制度改革，发挥样本作用：（1）1985 年上海博物馆作为试点单位，开展了职称首评工作，之后推广到整个上海的事业单位。（2）世纪之交，一方面推进定编、定岗、定职、定责的"四定"工作，一方面实行全员聘用制改革。（3）配合上海市委市政府制定文博人才引进标准和海外高层次人才引进办法。（4）2009 年起，上海博物馆与复旦大学文物与博物馆学系合作，开辟了博物馆专家兼职大学教授并带教硕士研究生的办学新途径。2. 积极开展人才培养合作，输送各类人才：（1）长期与高校开展项目合作，以近年来上海地区广富林遗址发掘为例，合作的高校包括复旦大学、上海大学、南京大学、山东大学、中国人民大学、日本鸟取大学等。（2）重视对国内外高校开放实习研究，并参

加"沪港优才"实习计划。（3）为博学研机构讲座授课，为国内外十几家高等院校相关专业学生开办讲座、授课，多位专家长期担任高校硕士生导师、博士生导师等；为"全国博物馆系统新员工培训班"、中国文化遗产研究院等单位举办的文物保护修复培训班进行讲座；为诸多国内外高校、文博机构的博物馆学、艺术学相关项目进行专业授课；2019 年以来举办"一带一路"博物馆高级研修班等。

2017 年 9 月，上海博物馆东馆项目在浦东花木地区正式破土动工，将于 2023 年第四季度对外开放。2022 年 10 月，长江口二号古船项目实施主体正式调整为上海博物馆，并将以此为基础在杨浦滨江地区建造上海博物馆北馆。同时，上海博物馆也将启动人民广场馆舍的升级改造项目，预计于 2025 年完成。未来，上海博物馆将有三座大型场馆矗立于浦江之畔，实现"一体三馆、全城联动、特色清晰、相辅合璧"的发展格局。更为重要的是，2022 年上海博物馆紧扣宣传贯彻党的二十大精神这一主题主线，以弘扬上海博物馆优良传统、继承发展文博事业为基础，以建馆 70 周年、东馆及北馆建设为契机，精心策划推出"上海博物馆'大博物馆计划'"，以守正创新、追求卓越的姿态，整合馆内馆际、国内国际的资源与力量，提出"建设大场馆，打造更具全球标识的文化地标""引领大科创，建设文博创新创造的战略高地""配置大资源，增强文化自信自强的叙事能力""打造大品牌，凝聚中华文化强大的精神力量"等四大任务，一手抓理论研究、一手抓实践探索，向着"中国特色世界一流"博物馆、"一带一路"文明交流全球核心博物馆、世界顶级的中国古代艺术博物馆的发展目标而奋斗不止。

壬寅冬月，岁月延绵，这 70 年来的发展既是上海博物馆的进步，也被视为我国博物馆事业整体发展的进步；传承文脉，任重道远，铭记老一辈文博人的创业精神和变革精神，才能更好发扬博物馆的人文情怀和文化力量。一座博物馆是一座城市的灵魂，博物馆的力量更是促进城市乃至国家高质量发展的内生动力，而对于一座博物馆来说，70 年恰风华，70 年正青春！上海博物馆将始终不忘初心，坚持中国特色、国际视野、人文情怀，通过收藏、保护、研究、阐释、展示中国物质与非物质文化遗产，加强世界文明交流互鉴，为公众教育、欣赏、深思和知识共享提供更有深度和温度的体验，打造中华文化的"精神家园"和人类文明的"百科全书"，力争到本世纪中叶，成为全球艺术的顶级殿堂、国际文博的学术高地、文旅融合的卓越典范、人民城市的重要标识、文明互鉴的形象大使，真正成为体现中国式现代化特征的世界一流博物馆。

前　言

　　1952 年，上海博物馆、上海图书馆等重要文化单位成立，这是上海文化事业的一件大事。1949 年 5 月 27 日，上海解放，中国共产党在接管上海这座城市后不久就成立了上海市文物管理委员会，负责上海的图书、文物的保护，避免受到损失。中华人民共和国成立后，在中国共产党的诞生地、国际性大都市——上海，创设一批继承和展示中国优秀传统文化、凝聚和弘扬时代精神的文化机构，成为新中国文化事业建设中的一项要求与使命。1950 年，确定由上海市文物管理委员会负责筹建成立上海博物馆、上海图书馆，并将南京西路 325 号原跑马总会大楼作为两馆馆址。随着 1952 年上海博物馆和上海图书馆的建成开放，跑马总会大楼这座充满殖民色彩的建筑也被赋予了新的象征，成为新中国成立后上海新的文化地标，上海的博物馆、图书馆等文化事业也从此出发。中共一大纪念馆、上海鲁迅纪念馆、上海市历史博物馆等也先后成立。2022 年，恰逢上海博物馆、上海图书馆建馆 70 周年，展览以此为契机，联合本市多家文博场馆，借助珍贵的史料和馆藏，一同呈现以这座城市文化地标为原点，不断成长、繁荣起来的上海文化事业新貌。

筹备酝酿

　　1949 年 9 月，上海市军事管制委员会批准成立上海市古代文物管理委员会，1950 年改名为上海市文物管理委员会，此后机构名称、设置、管理体制和工作任务等多次调整。设立之初，最主要的任务是接收各机关单位移交的文物、图书，执行文物政策，管理文物市场，以及负责筹建革命博物馆、上海博物馆和上海图书馆。经多方协力、积极筹备，1952 年，上海博物馆、上海图书馆在南京西路 325 号正式对公众开放。

一 成立

上海市文物管理委员会

早在 1949 年 3 月中国人民解放军向上海进军途中，后来担任中华人民共和国上海市第一任市长的陈毅同志就强调："要组织力量，加强对（上海）文物、图书的保护，因为上海也是书海。" 1949 年 9 月，在陈毅市长的直接关怀下，上海市古代文物管理委员会成立，并开展对文物和图书的接收、征集、收购及整理工作。李亚农为主任委员，徐森玉为副主任委员。1950 年 1 月，中央文物局局长郑振铎莅临上海指导，市政府同意将上海市古代文物管理委员会改名为上海市文物管理委员会，负责上海市的文物接收、管理工作，下设古物整理和图书整理等部门。

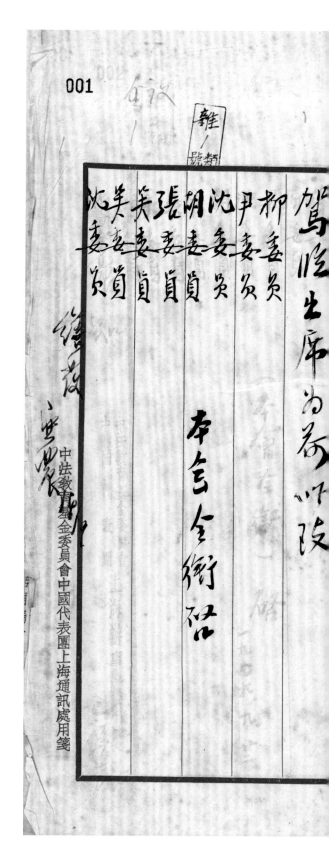

上海市文物管理委员会第一次会议邀请函

008

稿 文字第一号

兹訂于本月七日（星期六）上午十時在林森中路688号另開第一次會議恭候居附

第一條　上海市文物管理委員會組織條例

本會定名為上海市文物管理委員會

第二條　本會職掌如左

1. 所有接收各項文物圖書之整理審查編目保管事項

2. 民間藏家有關圖書字畫古物碑版等之調查及編目事項

3. 名勝古蹟有關建築雕塑碑志等之調查及保護事項

4. 私家收藏之捐獻託管及接管事項

第三條　本會設委員十一至十三人其中指定一人為主任委員一人為副主任委員

第四條　本會設左列各組室

1. 秘書室　掌關于本會文書會計庶務及人事員工福利事項

2. 編纂組　掌關于目錄書刊之編纂事項

3. 調查組　掌關于民間收藏及古蹟文物之調查事項

4. 鑑別組　掌關于本會保管及調查所得私家所藏古代文物之鑑別事項

5. 保管組　掌關于本會接管各項古代文物保管登記事項

第五條　本會設組長四人秘書主任一人組員若干人分組辦事組長得由委員兼任之

第六條　本會各事項均由委員會議通過施行

第七條　本條例目奉准之日施行

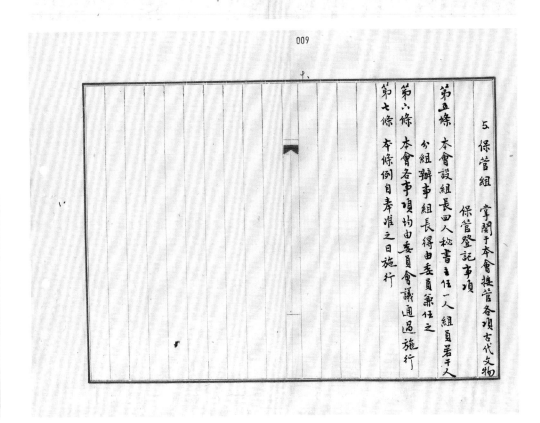

上海市文物管理委员会组织条例

二 建立

上海图书馆、上海博物馆筹备委员会

上海图书馆、上海博物馆筹备委员会委员

徐森玉

顾颉刚

顾廷龙

李芳馥

曾昭燏

沈迈士

谢稚柳

杨宽

刘汝醴

上海市文物管理委员会在 1950 年 4 月就开始向上海市政府建议组建上海图书馆和上海博物馆。8 月初开始准备筹建，9 月 21 日正式召开第一次筹备委员会会议，市政府聘请十名委员参与筹建。1950 年 7 月，市文管会成立图书整理处和古物整理处，李芳馥被任命为图书整理处主任，沈羹梅任古物整理处主任。1951 年初，市文管会决定李芳馥和杨宽分别为图书馆筹备委员会和博物馆筹备委员会召集人，具体负责图书馆和博物馆筹建工作。

筹备委员会委员名单

筹备委員名單

一、革命博物館筹備委員
　黎冰鴻　吳琪　楊寬　劉汝醴

二、博物館筹備委員
　徐森玉　曹昭橘　沈邁士　沈羹梅
　謝稚柳　楊寬　劉汝醴

三、圖書館筹備委員
　徐森玉　顧頡剛　顧起潛　李芳馥　王育伊
　劉汝醴

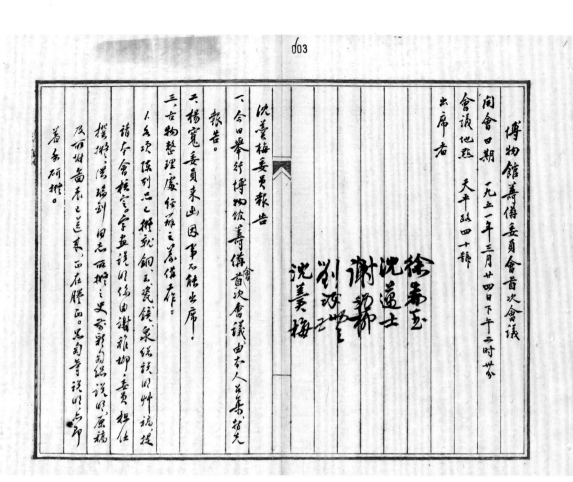

博物館籌備委員會首次會議

開會日期　一九五一年三月廿四日下午二時半

會議地點　天平弦四十號

出席者

沈美梅
劉玫
謝鈞
沈邁士
徐森玉

沈美梅委員報告

一、今日舉行博物館籌備首次會議，由本人主席，首先報告。

二、楊寬委員來函因事不能出席。

三、古物整理處經紀雄之裝備工作：

下列各項係列舉之撰就銅玉瓷鏡泉紀鏡說明料稿提請本會核定字並說明係由謝雅柳委員校住

擬撥溥儀到周同志而撥之史書郭允紀說明原稿

及所附晶表之送來，而在滕面，吳潮等說明后印

著者阿捋。

博物馆筹备委员会第一次会议记录

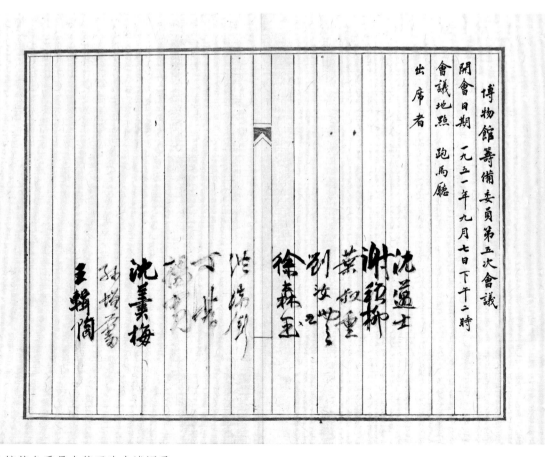

博物館籌備委員第五次會議

開會日期　一九五一年九月七日下午二時

會議地點　跑馬廳

出席者

沈邁士
謝稚柳
葉叔重
劉汝
徐森玉
沈美梅
王輯唐

博物馆筹备委员会第五次会议记录

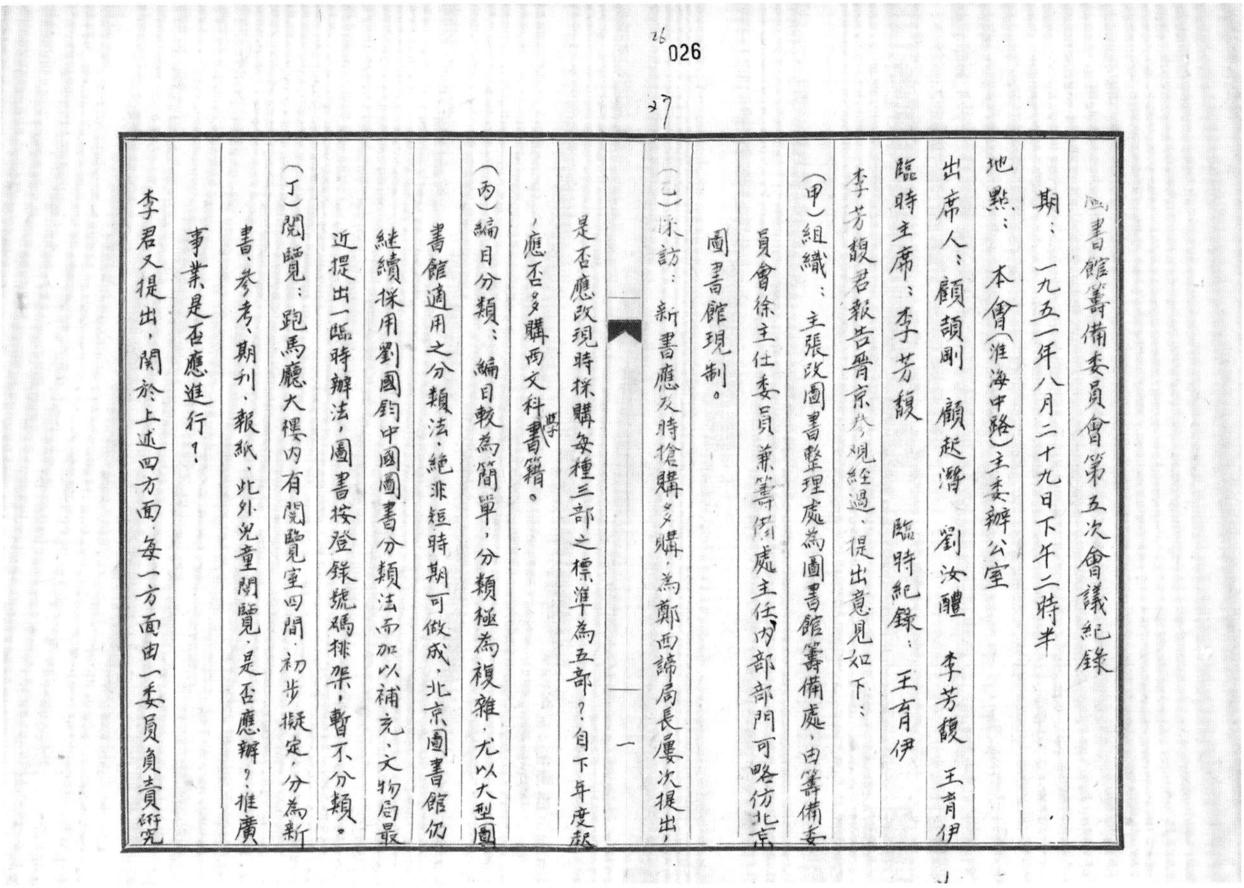

圖書館籌備委員會第五次會議紀錄

期：一九五一年八月二十九日下午二時半

地點：本會（淮海中路）主委辦公室

出席人：顧頡剛　顧廷潛　劉汝醴　李芳馥　王青伊

臨時主席：李芳馥

臨時紀錄：王青伊

李芳馥君報告晉京參觀經過，提出意見如下：

（甲）組織：主張改圖書整理處為圖書館籌備處，由籌備委
員會徐主任委員兼籌備處主任，內部部門可略仿北京
圖書館現制。

（乙）採訪：新書應及時搶購多購，為鄭西諦局長屢次提出，
圖書館現制。

是否應改現時採購每種三部之標準為五部？自下年度起

應否多購西文科學書籍。

（丙）編目分類：編目較為簡單，分類極為複雜，尤以大型圖
書館通用之分類法，絕非短時期可做成，北京圖書館仍
繼續採用劉國鈞中國圖書分類法而加以補充，文物局最
近提出一臨時辦法，圖書按登錄號碼排架，初步擬定，分為新
書，參考，期刊，報紙，此外兒童閱覽，是否應辦？推廣

（丁）閱覽：跑馬廳大樓內有閱覽室四間

李君又提出，關於上述四方面，每一方面由一委員負責研究
事業是否應進行？

图书馆筹备委员会第五次会议记录

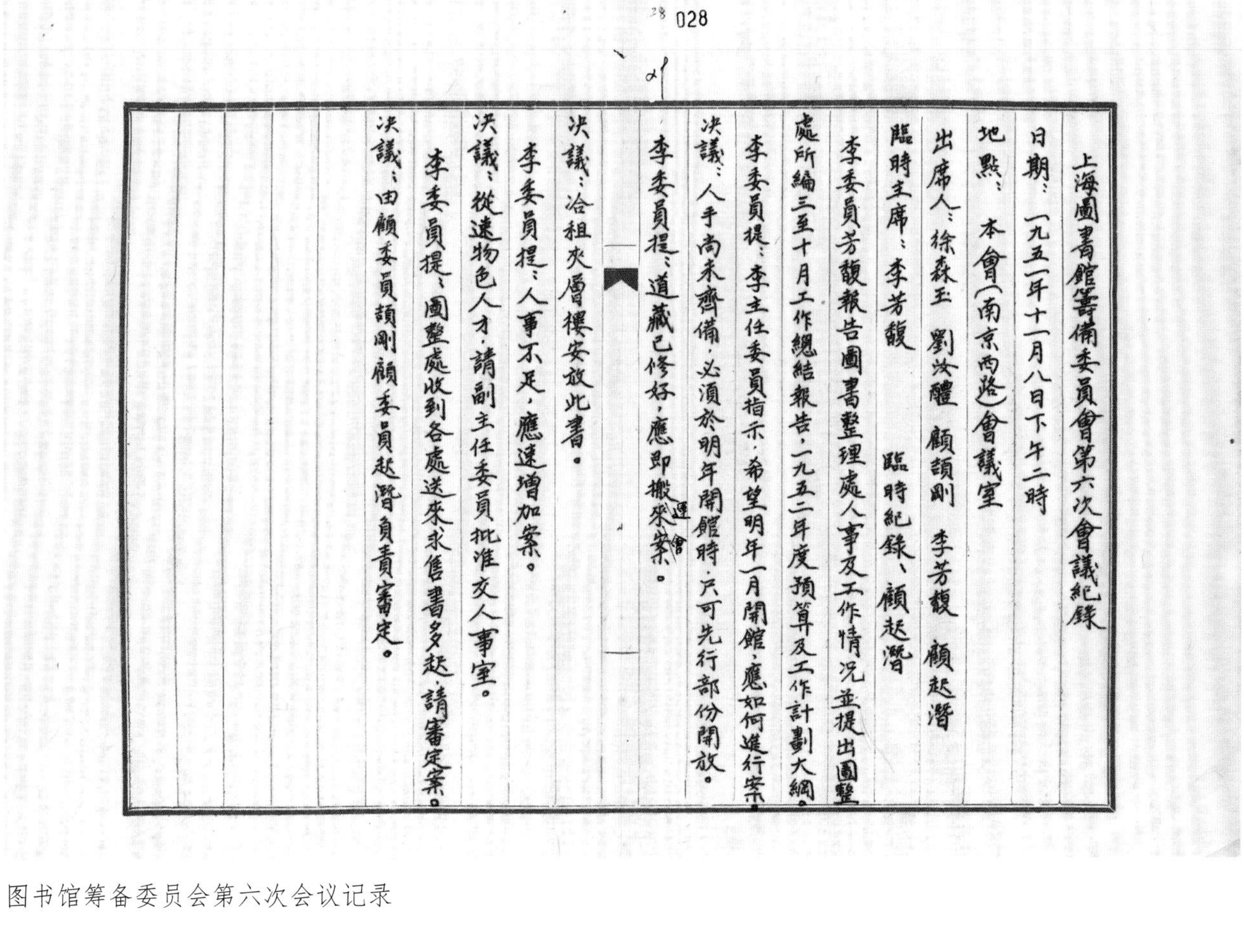

上海圖書館籌備委員會第六次會議紀錄

日期：一九五二年十一月八日下午二時

地點：本會（南京西路）會議室

出席人：徐森玉　劉汝醴　顧頡剛　李芳馥　顧廷潛

臨時主席：李芳馥

臨時紀錄：顧廷潛

李委員芳馥報告圖書整理處人事及工作情況，並提出圖整
處所編三至十月工作總結報告，一九五二年度預算及工作計劃大綱。

李委員芳馥報告圖書整理處人事及工作情況，並提出圖整
處所編三至十月工作總結報告，一九五二年度預算及工作計劃大綱。

李委員指示：希望明年一月開館時，戶可先行部份開放。

決議：人手尚未齊備，必須於明年一月開館時，戶可先行部份開放。

李委員提：道藏已修好，應即撤來案。

決議：洽租次層樓安放此書。

李委員提：人事不足，應速增加案。

決議：從速物色人才，請副主任委員批准交人事室。

李委員提：圖整處收到各處送來求售書多起，請審定案。

決議：由顧委員頡剛顧委員廷潛員責審定。

图书馆筹备委员会第六次会议记录

三 选定馆址

上海图书馆、上海博物馆

上海市文物管理委员会正式筹备上海图书馆和上海博物馆时，时任上海市市长陈毅同志亲自为二馆寻找馆舍，最后选定南京西路325号原跑马总会大楼作为上海图书馆、上海博物馆的馆址。1951年2月，上海市人民政府同意上海市文物管理委员会申请，将上海市中心的原跑马总会大楼作为上海图书馆和上海博物馆馆址。上海图书馆阅览室设在一楼，二、三层为上海博物馆陈列展厅。

24

上海市人民政府（通知）

受文者	文物管理委員會
抄致者	財政局、人事局、文化局、華東文化部。

事由：為中央文化部對於上海圖書館博物館的批復轉知遵照由。

收文日期	年 月 日
發 附件	
地址	滬孚廳秘二字第6669號

一九五二年十月九日

一、准華東文化部十月廿七日化社(52)字第二三六四號函略開：「我部前接你府文物管理委員會一九五二年七月十日文字第二九一八號函並附上海圖書館開放閱覽計劃及上海博物館陳列計劃請綜轉，茲奉中央文化部一九五二年十月十五日文調字第八五號批復內開：『報告悉，同意上海圖書館、上海博物館開放，兩館行政上應交由上海文化局領導，其經費由地方文化事業費預算中支出。上海圖書館「初步開放展覽計劃」，一般尚好，其工作方針與具體工作的佈置，基本上是正確的，惟任務中應將對小型圖書館的業務輔導列入。上海博物館陳列計劃，基本上項計劃藥經轉報中央文化部核示在卷，

韻可考慮將來作爲全國性的美術工藝博物館之一，不同歷史博物館發展。其陳列，尚可就近請科學院工藝韻等專家作進一步的研究。」特此轉達，請即轉知並予照辦」等因。

29

上海博物馆

陈毅亲笔题写馆名

上海图书馆、上海博物馆在南京西路 325 号开馆

1952 年原跑马总会大楼

上海圖書館

陈毅亲笔题写馆名

建成发展

　　上海博物馆、上海图书馆自筹备至成立初期，接收各机关单位移交文物、图书，征集购藏文物文献，接受社会捐赠，是基础馆藏的主要来源。两馆管理体制、机构设置也历经变化和调整。20 世纪 50 年代，上海图书馆先后接收了徐家汇藏书楼等多家图书馆和机构藏书。1958 年上海图书馆、上海市历史文献图书馆、上海市科学技术图书馆、上海市报刊图书馆四馆合一，1959 年成为全国第二中心图书馆核心馆。上海博物馆开馆时，基本陈列按历史时代分设十个陈列室，1959 年迁入河南南路 16 号馆舍后，改为按社会发展阶段陈列，70 年代后改为专题陈列。同一时期，上海鲁迅纪念馆、中共一大纪念馆（上海革命历史纪念馆筹备处）相继成立开放，上海市历史与建设博物馆则经筹备与调整，成为上海市历史博物馆的前身。

上海市立图书馆（江湾）内景

一 建成 上海图书馆

上海城市图书馆的历史（从近代到 1949 年）

上海近代城市图书馆兴起于清末和民国时期。1849 年（清道光二十九年），西侨社团创办 Shanghai Book Club（上海书会），1851 年（咸丰元年）改名 Shanghai Library，中文名为"洋文书院"。1913 年（民国二年）上海工部局接办以后，从一个小范围的外侨社会的私立图书馆变成公共租界面向社会公众的公共图书馆，其正式名称为上海工部局公众图书馆，直到 20 世纪 30 年代才开始有中文图书入藏。

上海最早的公立图书馆出现于 1931 年，是由上海市教育局在南市文庙尊经阁旧址创建的上海市立图书馆。1936 年，由市政府投资建造的上海市图书馆在江湾中心区成立，是"大上海计划"的标志性建筑之一。

上述市级图书馆，在抗日战争期间都已停办，除工部局图书馆幸免损失外，其他馆图书损失殆尽。抗战胜利后的 1945 年 9 月，在工部局图书馆原址（福州路 567 号）成立了上海市立图书馆，直至上海解放。

上海解放后，军管会市政教育处于 1949 年 6 月接管上海市立图书馆（江湾）改建为上海市人民图书馆，成为上海第一个市级综合性公共图书馆。

上海市立图书馆（江湾）内景

文庙尊经阁旧址建成的上海市立图书馆

上海市立图书馆（江湾）外景

（一）上海图书馆开馆

经过两年筹备，上海图书馆于 1952 年 7 月 22 日在南京西路 325 号原跑马总会大楼建成开馆，李芳馥任馆长。

开馆当天，据《文汇报》报道，"前往参观者达一万余人"，因场地设备所限，阅读活动无法进行，不得已临时改为接待参观，至 25 日才开放阅览。这是新中国上海人民文化生活中的一件大事。

1953 年 7 月，车载任馆长，上海图书馆改由上海市文化局领导，密切了上海图书馆与全市公共图书馆之间的联系与合作。1954 年 3 月，上海市首届公共图书馆会议进一步明确了上海图书馆属综合性公共图书馆，强调以图书资料和书目、文摘、索引等内容，为党政军领导机关、经济部门以及科研、文教工作者服务，并辅导全市公共图书馆和工会系统图书馆的业务。

1956 年上海图书馆与苏联列宁图书馆和谢德林图书馆等开展国际图书互借，并在国内逐步扩大馆际互借的范围。1957 年又开设了样本图书和缩微文献阅览室，为科技人员及时提供科技、生产信息。

读者在上海图书馆大厅

读者在阅览室内阅览

1952 年 8 月，读者排队入馆

（二）上海图书馆的图书来源

1950 年 7 月，上海市文物管理委员会成立图书整理处和古物整理处，开展对文物和图书的接收、征集、收购及整理工作，李芳馥被任命为图书整理处主任。1951 年初，市文管会决定成立图书馆筹备委员会，李芳馥为召集人，具体负责图书馆的筹建工作。在藏书建设方面，经过多方努力，开馆前夕，上海图书馆藏书已达七十余万册。有新采购的宣传党的思想方针政策的书刊，还有社会知名人士柳亚子、姚光、高吹万等人的陆续捐赠，其中不乏古籍善本，同时向国外采购了众多外文文献，初步奠定了馆藏基础。

01

陆放翁全集

（宋）陆游撰
（明）毛氏汲古阁刻本
纵 25 厘米，横 16 厘米
姚光捐赠

金山姚光藏书，1952 年由其子尊其遗愿捐赠给上海市文物管理委员会，后转入上海图书馆，被编为上海图书馆第一号古籍。此次捐赠在筹备期起到了最早、最先捐献文物、文献的示范作用。陈毅市长特撰文《金山姚石子先生周甲退庆致语》以示表彰。

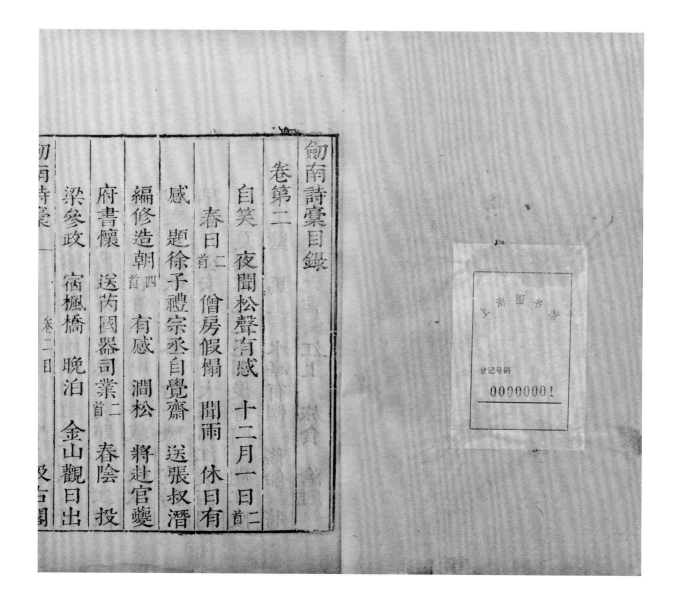

02

后汉书一百卷

（刘宋）范晔撰，（唐）李贤注

志三十卷，（晋）司马彪撰，（梁）刘昭注

清同治十二年（1873）岭南使署刻本，金兆蕃跋

纵 32.8 厘米，横 19.8 厘米

姚光捐赠

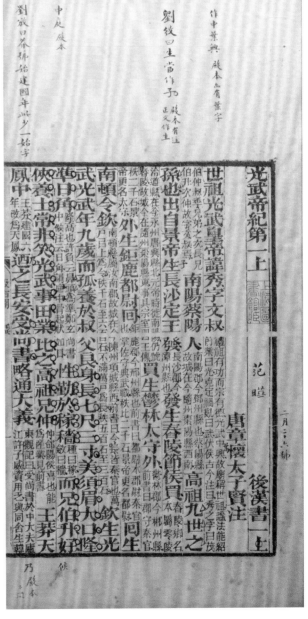

03

愚谷文存十四卷

（清）吴骞撰

清嘉庆十六年（1811）刻本

纵 28.4 厘米，横 17.7 厘米

姚光捐赠

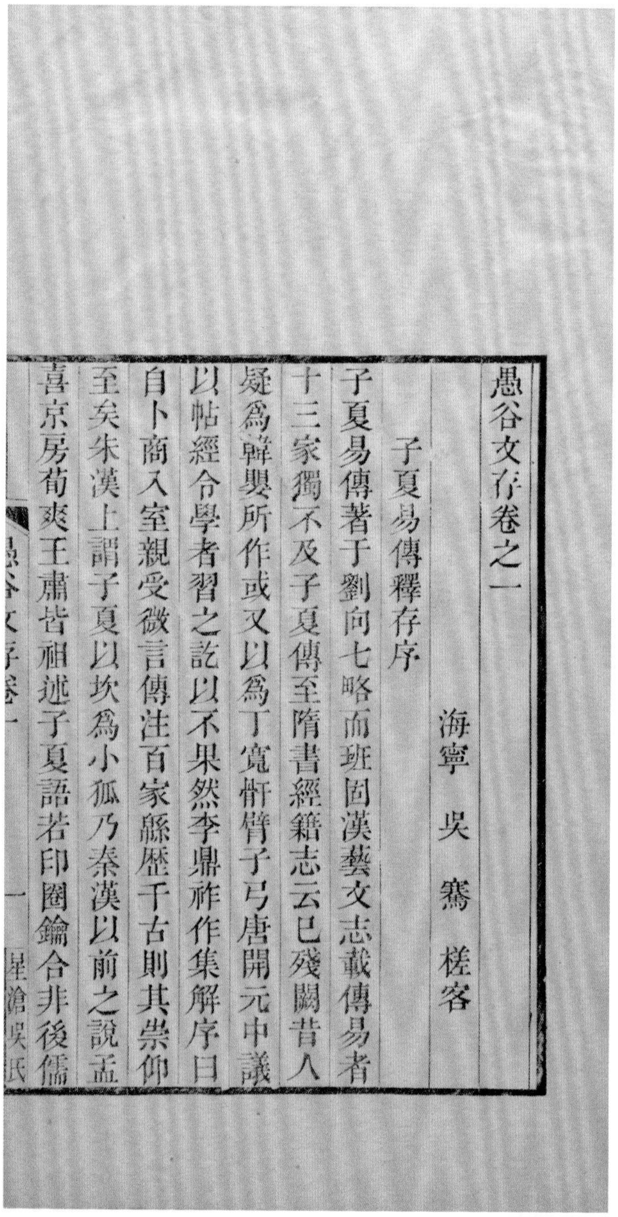
愚谷文存卷之一

海寧 吳 騫 槎客

子夏易傳釋存序

子夏易傳著于劉向七略而班固漢藝文志載傳易者十三家獨不及子夏傳至隋書經籍志云巳殘闕昔人疑爲馯臂所作或又以爲丁寬軒臂子弓唐開元中議以帖經令學者習之訖以不果然李鼎祚作集解序曰自卜商入室親受微言傳注百家緜歷千古則其崇仰至矣朱漢上謂子夏以坎爲小狐乃秦漢以前之說孟喜京房荀爽王肅皆祖述子夏語若印圈鑰合非後儒

愚谷文存卷一 一 星滄吳氏

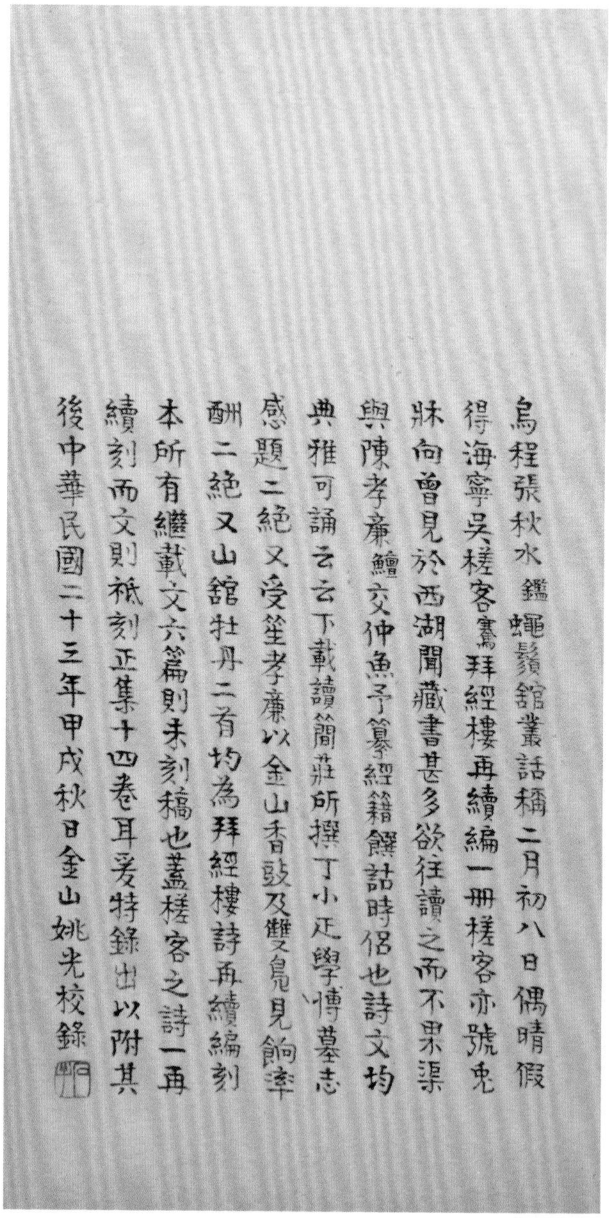
烏程張秋水鑑蠅鬚館叢話稱二月初八日偶晴假得海寧吳槎客騫拜經樓再續編一册槎客亦號兔牀向曾見於西湖聞藏書甚多欲往讀之而不果渠與陳孝廉鱣交仲魚子纂經籍籑詁時侶也詩文均典雅可誦云云下載讀簡莊所撰丁小疋學博墓志感題二絕又受笙孝廉以金山香鼓及雙鳧見餉率酬二絕又山館牡丹二首均為拜經樓詩再續編刻本所有繼載文六篇則未刻稿也蓋槎客之詩一再續刻而文則衹刻正集十四卷耳爰特錄出以附其後中華民國二十三年甲戌秋日金山姚光校錄

04

后乐集二十卷

（宋）卫泾撰

清咸丰八年（1858）潘道根抄本

纵 26 厘米，横 16 厘米

姚光捐赠

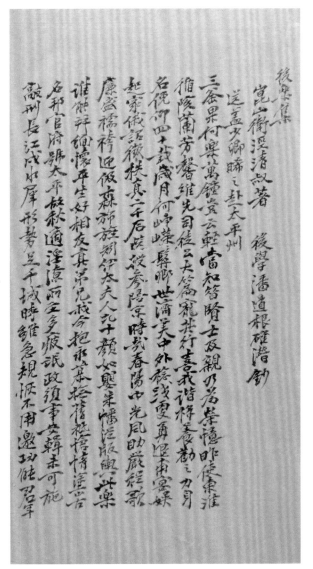

05

络纬吟十二卷

（明）徐媛撰

明万历四十三年（1615）刻本

纵 26.3 厘米，横 16.5 厘米

姚光捐赠

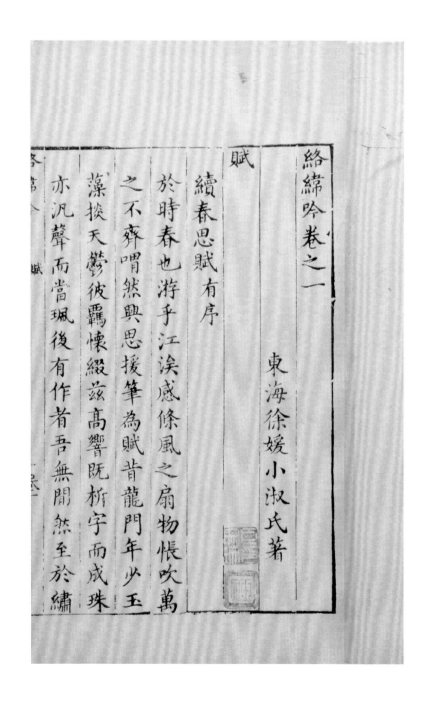

06

小尔雅一卷

（汉）孔鲋撰，（宋）宋咸注
（民国）金山姚氏抄本
纵 29.7 厘米，横 18.3 厘米
姚光捐赠

小爾雅　漢孔　鮒纂集　宋　咸注釋

廣詁一

淵懿遠䫻深也封巨莫莽艾祁大也
敷布也蓋戴畯為繹而作爾雅曰反
冑覆也鍾崇府最積灌聚樸叢也
為話相句宰營匠治也
六宗皆勿萬微曼未没無也
潔也旨伐我誤作爾雅注
鄭傅戚近也邵美也士
陸機演連珠爱換貿交更易也
多也幾大于晚引小爾
貿易也脫取雅注
城與魏模㮇法也
取也開徹接通達也固應宿舊尚久也彌愈滋强益也
爽曉昕著讚曙明也皆附襲就因也　永明十一年策秀才文注融戲

小爾雅急就篇宋洪氏急就章三種樓霞郝懿行氏均有案語
未刋嶠李金甸臣先生有傅鈔本預備與穆天子傅補注同刋
也兹並在陳乃乾處錄存以補郝氏遺書之遺　姚　光記

07

松陵诗征前编十二卷

（清）殷增编

清光绪二十五年（1899）抄本，薛凤昌跋

纵 23.3 厘米，横 12.4 厘米

薛凤昌捐赠

松陵詩徵前編卷一

張翰字季鷹　晉齊王同辟為大司馬東曹掾

同邑後學殷　增曜庭氏編次
同邑後學薛　硯畦氏手抄

周小史

翩翩周生婉孌幼童年十有五如日在東香膚柔澤素質參紅圓輔圓頤蒨
蒨芙蓉爾形既淑爾服亦鮮輕車隨風飛霧流煙轉側猗靡顧眄便妍和顏
善笑美口善言

雜詩

暮春和氣應白日照園林青條若總翠黃華如散金嘉卉亮有觀顧此難久
俛延頸無長連頓足託幽深榮與壯俱去賤與老相尋歡樂不照顏慘慘發
謳吟謳吟何嗟及古人可慰心
東鄰有一樹三紀裁可拱無花復無實亭亭雲中竦隟禽不為巢短翮莫肯

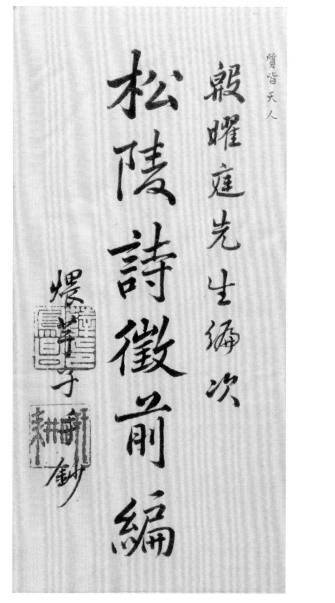

08

玉台遗响六卷

（清）顾万祺辑

民国八年（1919）抄本，薛凤昌跋

纵 28 厘米，横 15.4 厘米

薛凤昌捐赠

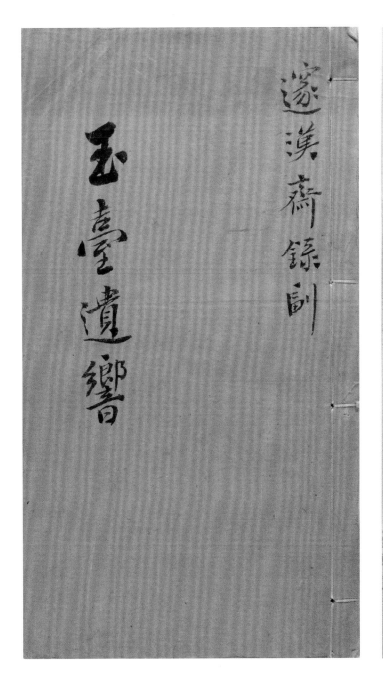

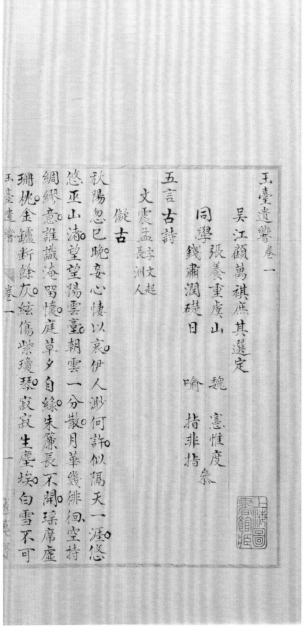

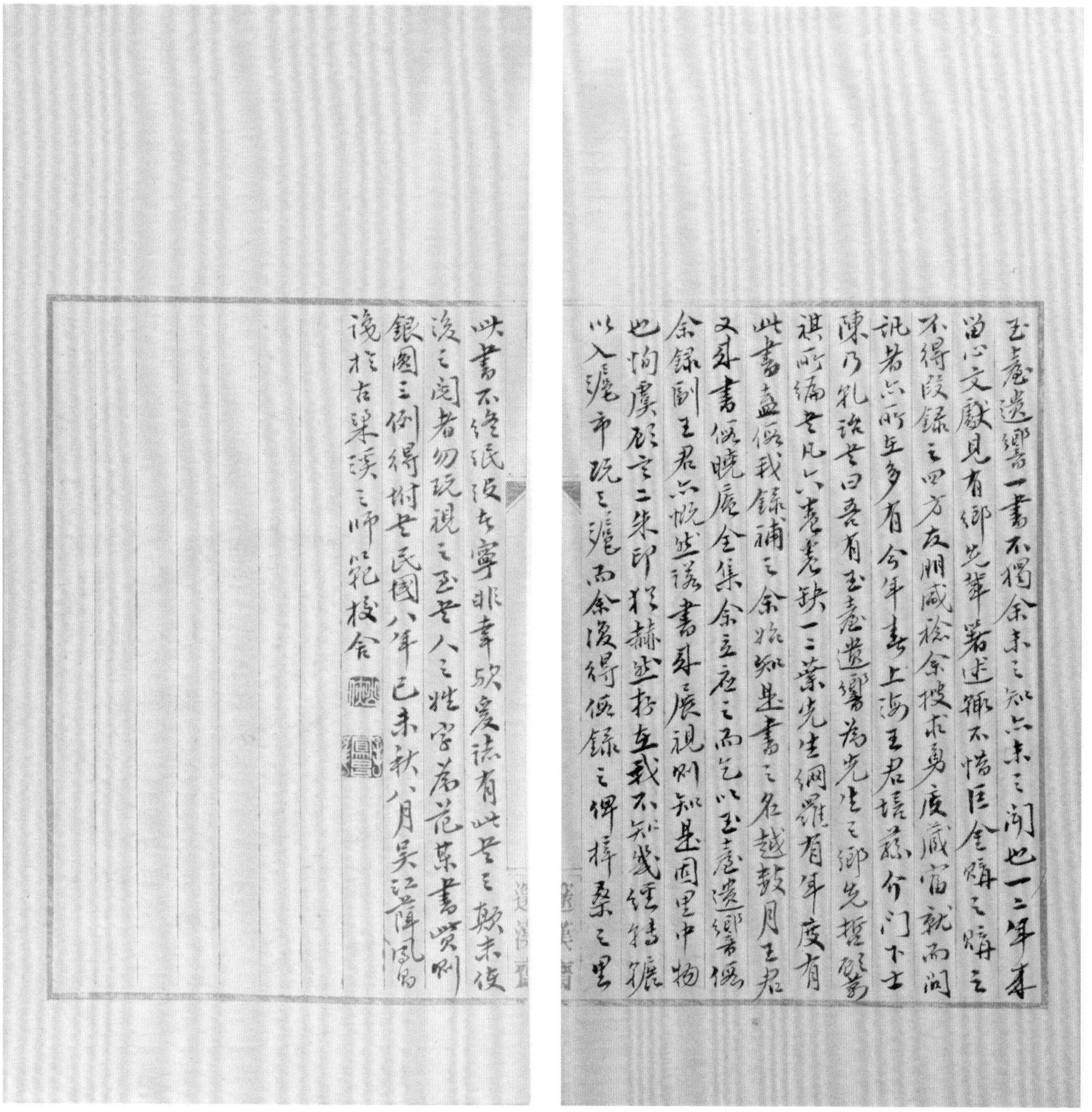

玉壺遺響一書不獨余未之知亦未之聞也一二年來
留心文獻見有鄉先輩著述猶不惜巨金購之購之
不得假錄之四方友朋咸稔余搜求勇度藏富就而詢
訊者亦所在多有今年春上海王君培蓀介門下士
陳乃乾語其曰吾有玉壺遺響為先生之鄉先哲鄧
祺所編其凡六卷卷缺一二葉先生網羅有年度有
此書盍假我錄補之余雖知是書之名越數月王君
又以書假曉庵全集余立應之而乞以玉壺遺響假
余錄副王君亦慨然諾書尋展視則知是固里中物
也恂虞庭之二朱印猶赫然於左哉不知幾經轉輾
以入滬市既之滬而余後得假錄之俾梓桑之里

此書不絕紙後於寧非幸歟爰誌有此書之顛末俾
後之閱者勿玩視之至其人之姓字爵花某書賞則
銀園之例得附其民國八年己未秋八月吳江薛鳳昌
識於古槑溪之師範校舍

09

蔗尾诗稿七卷

（清）翁桢撰

民国七年（1918）抄本，薛凤昌跋

纵 28.1 厘米，横 15.8 厘米

薛凤昌捐赠

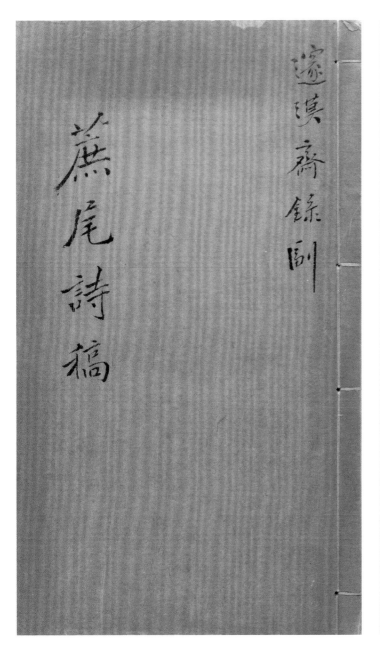

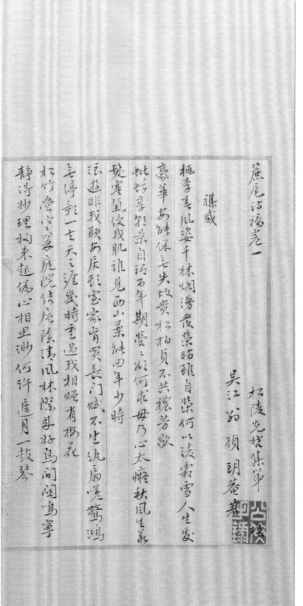

10

劫余吟稿不分卷

（清）陆锡蕃撰

稿本，薛凤昌跋

纵 24.5 厘米，横 12.8 厘米

薛凤昌捐赠

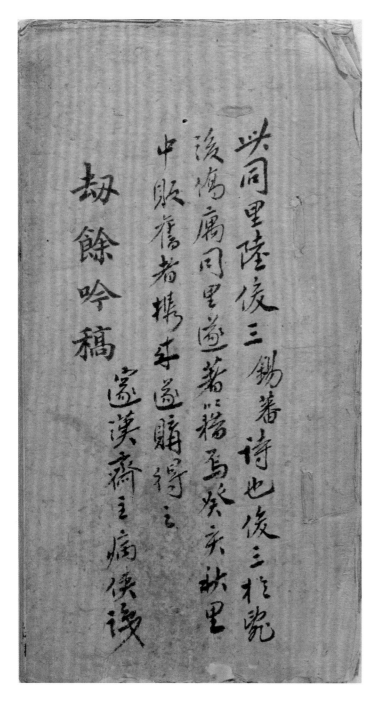

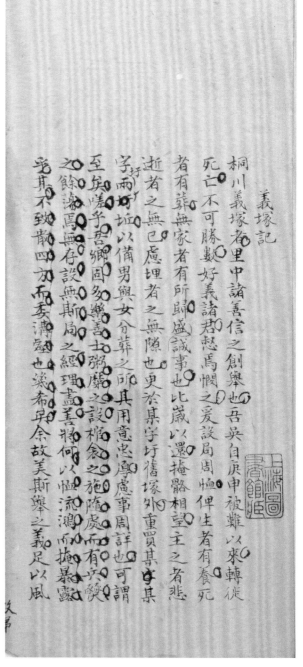

11

媿庵文稿不分卷

（清）吴炎撰

清光绪二十七年（1901）抄本，薛凤昌跋

纵 23.1 厘米，横 12.9 厘米

薛凤昌捐赠

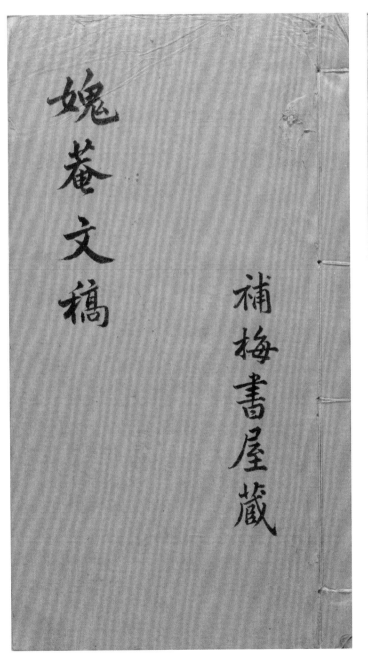

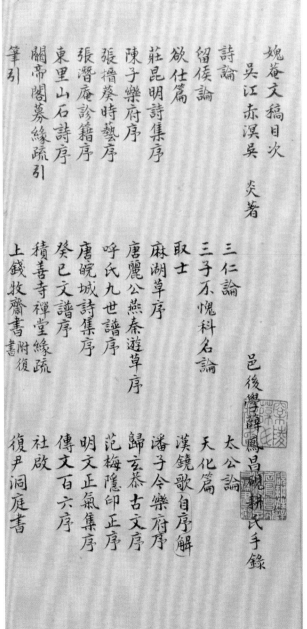

12

《郘亭知见传本书目》

（清）莫友芝撰

1909 年日本田中氏排印本，共十册

柳亚子捐赠

清代重要版本目录学著作。此册经著名藏书家、版本学家孙毓修，合众图书馆元老潘景郑递藏，书内留有孙毓修等人的大量手批笺注，另有"小绿天藏书""景郑校读"等印章。

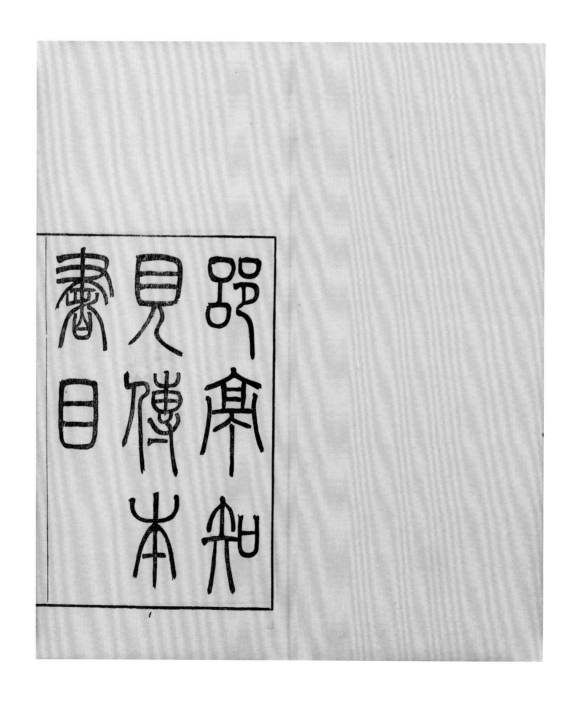

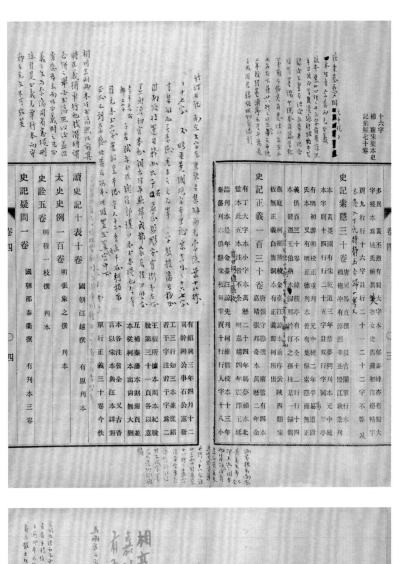

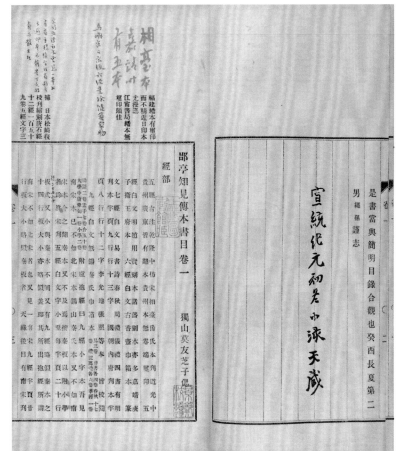

13

听秋声馆学语

（清）邱彭寿撰，抄本，一册
柳亚子捐赠

内有柳亚子的高祖柳以藩、柳清源
跋诗、跋文，为柳氏家族旧藏。

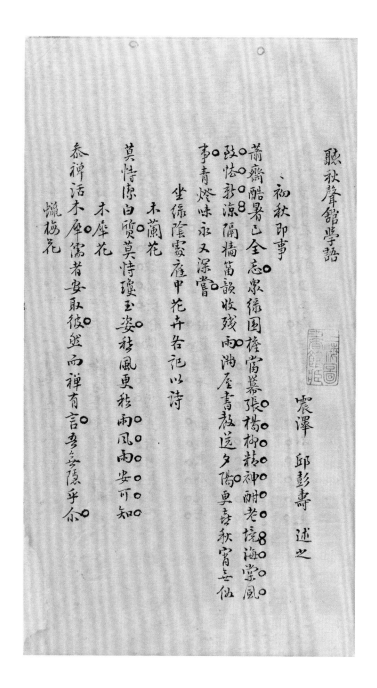

筆卷易安集談讌有替人青
鶴語魚雪萬樣春眼底空餘子覺
中絕懸塵賞懷同坐兩情語一燈親
戊申九月玉山寓中日讀
紫玖泰甸兄大人大署平題一律奉
政
　　　松琴弟柳清源拍草

咸豐拾年秋月黑伍李邡壽拍讀數過署名以誌傾佩
其威物此工季床材也宏其容景言情遠使人尋味怅怅寄至偁時感事也則文履印
惊悗如銅覺鐵板唱大東詩翁予將仵禾茫兩拍下寅
李酉胃下院其小市開金拍讀數過戲題拍語以誌作偁
　　　　　光緒庚辰菊月後學甫福坤拍讀

庚申八月伍柳以蕃拍讀數過

14

吴兴蚕书

（清）白蘋洲征士撰，手稿本
周越然后人捐赠

钤"曾留吴兴周氏言言斋"。清末吴兴皕宋楼藏书散出后，周越然得其八种，稿本《吴兴蚕书》是其中之一，也是周氏藏书中较为珍贵者。

眠起

蠶多之卵生者皆有一定之動息其息也結嘴停
食曰眠其動也蛻膚尚食曰起此淺長之樞也蠶
於卵生中為神蟲其眠與起孟出於自然、有遲
早之別焉時寒則遲時溫則早此天為之也冷看
則遲熱看則早食慢則遲食緊則早此人為之也
初眠日頭眠次日二眠三日輙火四日大眠俗謂
已眠者為眠頭已起者為起孃　一

頭眠

蠶初生至頭眠用火者約三日不用者約七八日
火蠶之眠疾而且齊如見紅嫩絲即宜屑除沙蠶冷蠶
之眠暑分先接須審其眠十之二方廳却不可早乁則
食葉者尚多不能不多飼乁多飼則眠起不齊又難燠厚
蒸之癘乁不可運乁則眠於沙韈者多既不勝檢提之
煩且之發沙韈遷押之患此中調劑貴在恰好也凡蠶
之眠皆先然若着糞以遲其即謂之做韈若做韈須
傳火停黃者火大不傳則傷蠶進黃則乁做韈矣
不使風藝……初但伸嘴向上挺身不動謂之打眠橋耳候之則

晴則貴賤無定朝更暮改也

占絲綿

絲綿之貴賤由于蠶之荒熟尓由于商估之聚
散古人有測候法陶朱公書云元日出時有紅霞主
絲綿摔芳譜云元日值丁絲綿貴農政全書云重五日
雨主絲綿貴今農家者流官租私債憑絲以償然脫車
即公私交迫矣豈餘推測以待價或然乁不亏不知

擇吉

日之吉凶不必拘泥然昔人之重諏日如詩所云
吉日庚午吉日維戊是此今考五行各書有浴蠶吉日
為甲寅丁卯庚午壬戌午五日有出蠶吉日為甲子
甲寅甲午乙巳乙未乙酉丙午丁未戊午戊申庚午壬

午癸卯癸酉十四日有繅絲吉日為子寅午申酉亥日
及成收開日又庚午為蠶父生日尤吉庚戌為蠶姑死
日[鋪蠶房宜忌]益蠶書自和至紜各有吉凶並當知所
趨避也又陳[藏器]本草拾遺云二月上壬日取土泥屋
之四角宜蠶尓勎可備俻蠶房逐日法

15

霜厓词录

吴梅撰，稿本，一册

吴良士捐赠

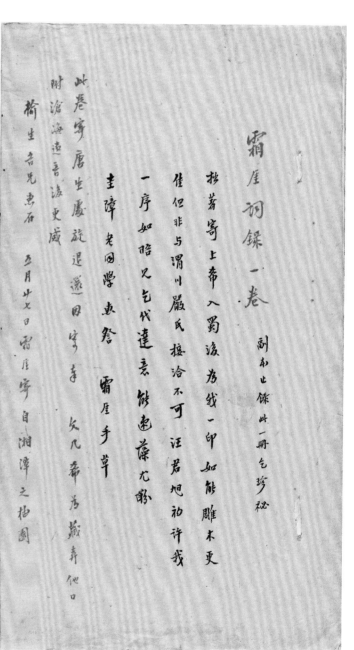

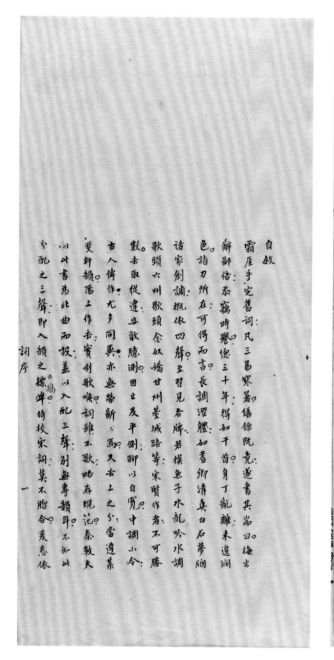

16

朴学斋杂稿

胡朴安辑，稿本，十四册
胡道彦捐赠

胡朴安先生手稿合集，内容涉及国学如《诗经》，西学如数学、几何等多领域。1947 年胡朴安逝世后，由其子胡道彦将藏书十万卷捐入合众图书馆。

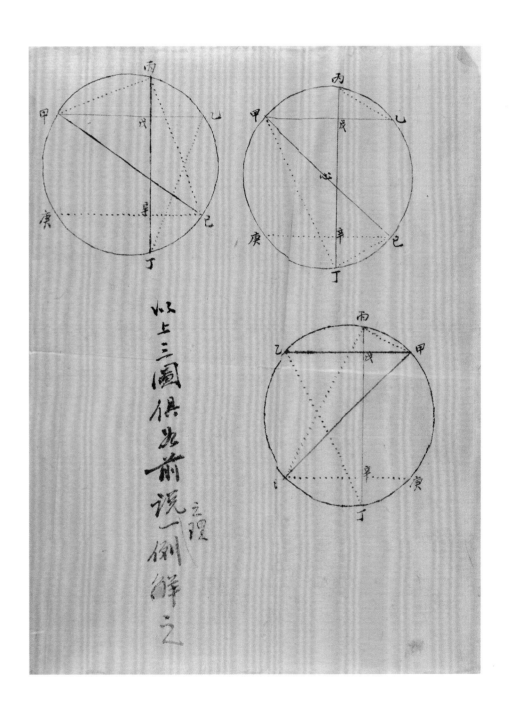

樸學齋讀詩經隨筆

國風

悠哉悠哉輾轉反側哀而不傷也琴瑟友之鍾鼓樂
之樂而不淫也關雎一詩此二義盡之矣
同家以纘事開基雅后妃之志忘女紅讀葛覃一詩
可想見其窮儉節用之實
妃因采卷耳始懷人實因懷人而采卷耳不至于筐也
則所懷益弥深矣
不永懷不永傷乃關雎哀而不傷之義
免置之野人可為干城腹心之選文王之化及人者

設有句股形自直角至弦作垂分弦為二
分邊數之比若一與四比知句甲求股弦詳式
　按幾何原本六卷第八題理子卯丑卯
丑之中率子丑卯丑卯寅之中率令
有子丑句甲求股弦題言大小兩分邊
數之比若四與一比則卯寅四丑寅一求
準幾何理卯丑與寅丑相乘開方日子
丑令子丑句甲自日甲遂日于卯丑與
丑令子丑句甲與寅丑相乘開方日子
寅卯相乘之數為題卯丑為寅丑一求
日開方式

17

易图驳议

（清）董桂新辑，稿本

胡道彦捐赠

胡朴安旧藏，钤有“朴学斋藏”印。

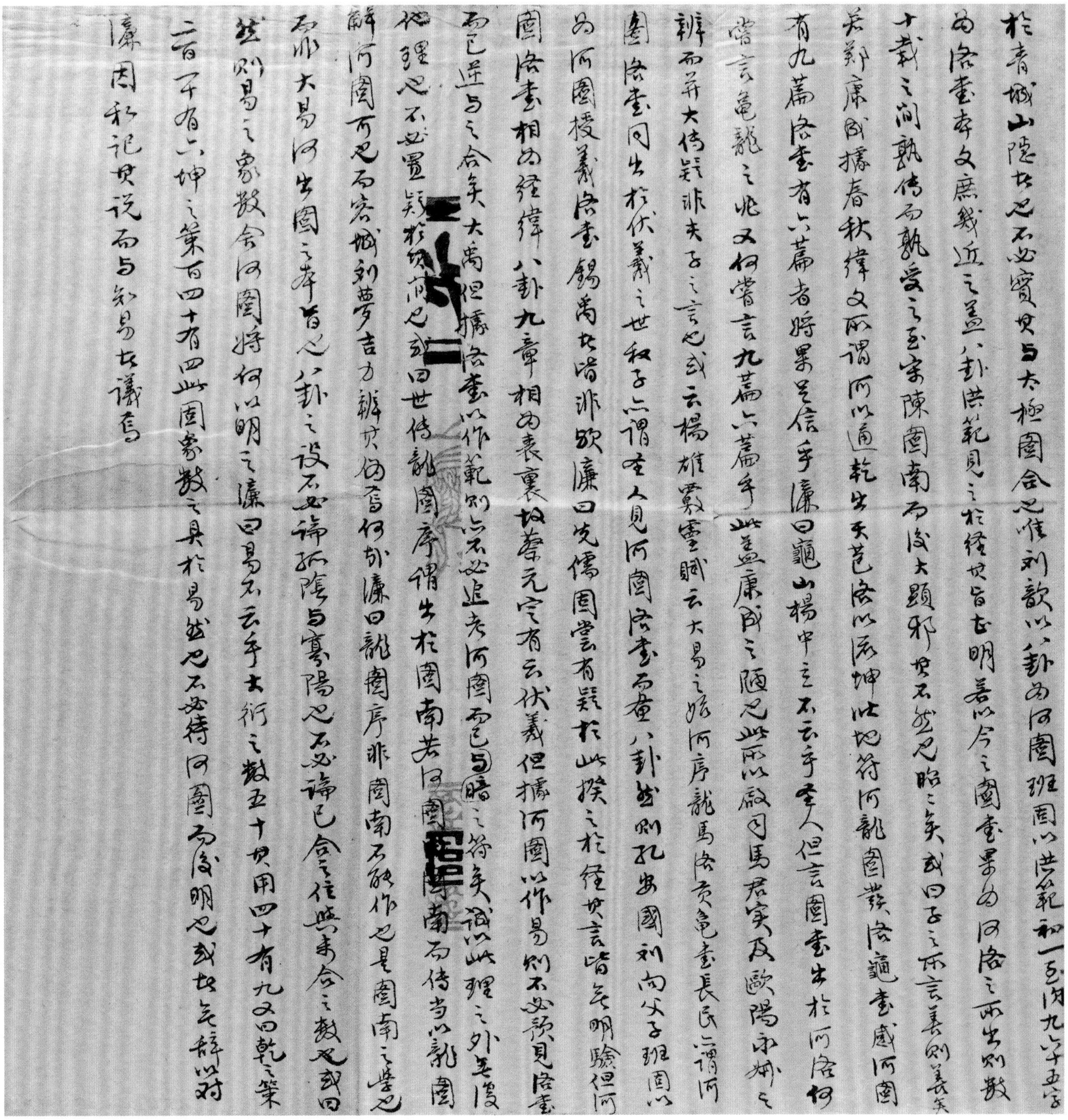

18

一梦漫言

继主千华见月叟自述，华山律堂 1879 年
刻本
陈陶遗后人捐赠

是一本由弘一法师李叔同校阅的佛家传
记，颇似佛家《陶庵梦忆》。合众图书馆首任
董事长陈陶遗旧藏，钤有陈陶遗印。

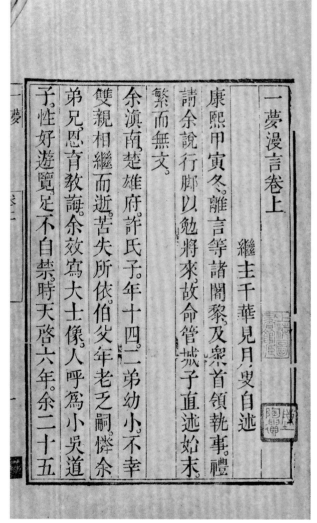

19

申江胜景图

吴友如绘，上海点石斋 1884 年石印本
王培孙捐赠

晚清吴友如绘制的最为精良的上海市俗
全景图。此册为王培孙旧藏，有王培孙跋，
钤有"王培孙纪念物"印章。

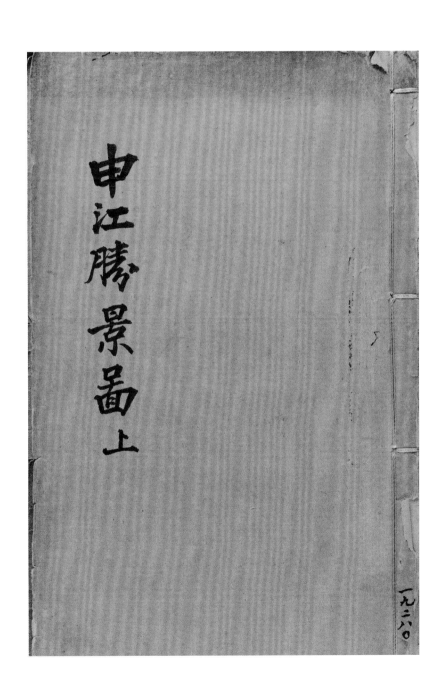

申江勝景圖

吳下萍之沈錦垣署

同學龔君啟昌在甯市代購
此二冊滬埠四十年前之狀
況展卷如在目前也
民國十八年五月重裝

公家花園

申江勝景圖

卷下

十八

20
谈艺录

钱锺书著，上海开明书店 1948 年版
顾廷龙捐赠

钱锺书为合众图书馆早期读者，上海图书
馆藏本为钱氏题赠顾廷龙："起潜道兄惠存，
槐聚。"另有钱氏"槐聚"印章。

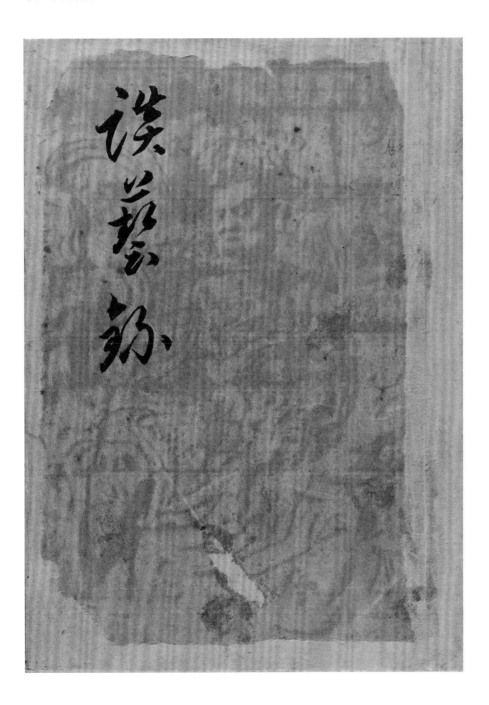

錢鍾書 著

談藝錄

開明書店印行

21

域外小说集

周氏兄弟（鲁迅、周作人）纂译
南社成员捐赠

1909 年由译者自费出版于日本东京，是我国最早翻译出版的外国短篇小说集，现存世仅四五十本，被誉为近代文学"善本中之善本"。此册为柳亚子旧藏，版权页前一页钤有"吴江柳氏捐赠图书"印章。

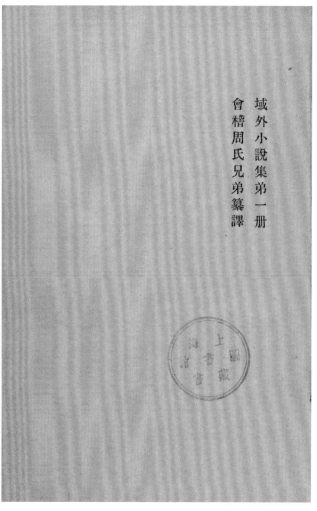

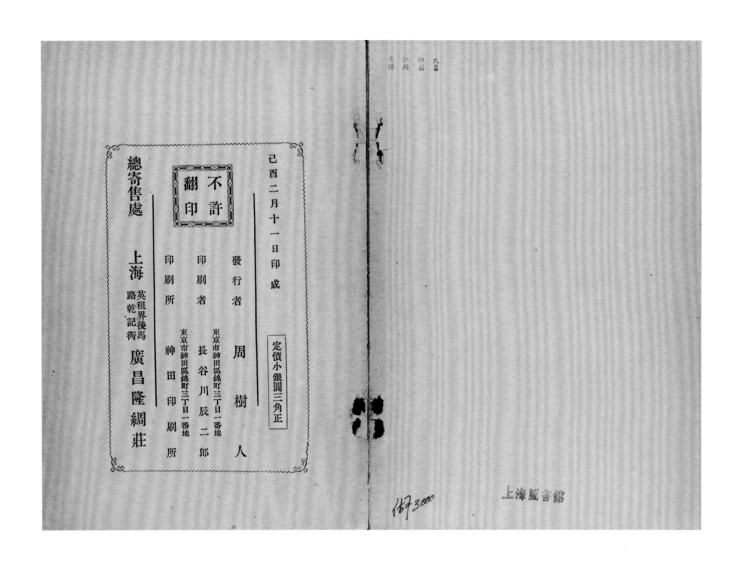

己酉二月十一日印成

定價小銀圓三角正

不許翻印

發行者　周樹人
東京市神田區錦町三丁目一番地

印刷者　長谷川辰二郎
東京市神田區錦町三丁目一番地

印刷所　神田印刷所

總寄售處

上海　英租界後馬路乾記街　廣昌隆綢莊

66

22
曼殊全集

苏曼殊著，柳亚子编，上海开华书局
1934 年版
南社成员捐赠

上海图书馆藏本为编者柳亚子的签赠本，
受赠人为景云女士："景云女士惠存，柳亚子，
一九三五，一，一八。"另有柳亚子印章。

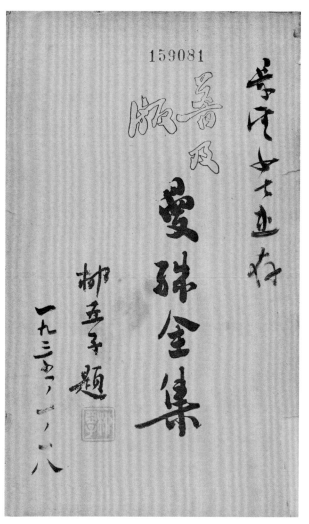

(三) 上海图书馆的发展

1. 接收徐家汇藏书楼等图书机构

上海图书馆开馆至 1958 年前陆续接收了本市多个图书馆与机构藏书。1956 年 11 月，市文化局根据军管会令，接管徐家汇耶稣会神学院藏书楼，经过整理充实，成为上海图书馆的组成部分。

徐家汇藏书楼，曾名徐家汇天主堂藏书楼或汇堂石室，是上海最早的宗教图书馆，创建于清道光二十七年六月（1847 年 7 月）。现存徐家汇藏书楼建于 1896 年。东楼，即大书房，又称藏经楼，为上下两层双坡顶，砖木混合结构。上层为西文书库，仿照罗马梵蒂冈图书馆布局，收藏 1515 年以来出版的拉丁文、法文、英文、意大利文、德文、西班牙文、荷兰文、希腊文、希伯来文等近二十个语种的珍贵西文书籍八万册。下层原为中文书库，仿照中国明代宁波天一阁风格，曾经收藏中国各省、府、州、县地方志达 12 万多册，书志 2,531 种，以及各种古钱币等文物，藏书排架按经史子集丛书分列五部。

1871 年修建的亚洲文会老楼，后作为上海图书馆虎丘路书库。现为上海外滩美术馆。

68

创建于 1847 年的徐家汇藏书楼

1931 年的徐家汇藏书楼

徐家汇藏书楼大书房

徐家汇藏书楼外景

徐家汇藏书楼内景

2. 四馆合一

1958 年 10 月，上海图书馆、上海市历史文献图书馆、上海市科学技术图书馆、上海市报刊图书馆"四馆合一"。

上海市历史文献图书馆的前身是私立合众图书馆，由张元济等创建于抗战烽火中的 1939 年，顾廷龙应邀主持合众图书馆事务，1953 年捐赠给上海市人民政府，1955 年正式改建为上海市历史文献图书馆。1956 年 8 月 22 日，顾廷龙被任命为馆长。

上海市科学技术图书馆是 1956 年 2 月在中国科学社明复图书馆的基础上成立的专业图书馆，由原中国科学社创始人之一、科学家任鸿隽担任馆长。该馆是以生物、化学、化工为主的专业科技图书馆。

上海市报刊图书馆成立于 1955 年 1 月，由鸿英图书馆和新闻图书馆合并而成。该馆是报纸专业图书馆，藏报共达五百余种。蒋维乔任馆长，马荫良、严独鹤任副馆长。

自 1959 年 1 月 1 日起，四馆对外有关业务来往和其他联系事宜均由上海图书馆统一办理。"四馆合一"增强了上海图书馆的综合实力，1959 年成为全国第二中心图书馆核心馆。1962 年 11 月 12 日，上海市人民政府任命顾廷龙为上海图书馆馆长。

1966 年因"文化大革命"，上海图书馆闭馆，1970 年 7 月重新开放，开设阅览室 5 个。1982 年，在南京西路原馆址扩建 4000 平方米的 2 号楼。

原上海市报刊图书馆

原上海市科学技术图书馆

原上海市历史文献图书馆

原上海图书馆

上海图书馆龙吴路书库

上海图书馆南京西路馆读者排队场景

馆员在南京西路馆书库上架书籍

上海－旧金山友谊图书馆阅览室

南京西路馆借阅处

南京西路馆阅览室

读者查阅缩微文献

外国读者在"上海之窗"取阅图书

二 成立

上海博物馆

（一）上海博物馆开馆

上海博物馆从 1952 年 12 月 16 日起预展 5 天，12 月 21 日正式开馆、正式成立，杨宽任副馆长（馆长暂缺）。上海博物馆被定为全国性的美术工艺博物馆，最早的陈列按时代排列，共有10 个陈列室，原始社会、殷商时代、西周春秋战国时代、秦汉时代、魏晋南北朝时代、隋唐五代、宋元时代、明代、清代、近代。

（二）上海博物馆成立之初的文物来源

1. 军管会等机关单位移交的文物，2. 国家拨巨款收购征集的文物，3. 接收原上海市立博物馆等 1949 年前建立的公私博物馆的文物，4. 各界人士和团体捐赠的文物。

乙 古物

1. 接收古物之來源

一、上海市人民政府房地產管理處

二、中國人民銀行華東區發行處人民製墨一錠

三、偽國貨銀行

四、上海市疏散難民回鄉生產救濟委員會

五、孔德研究所

六、上海市人民政府衛生局接管拜耳藥一啟

七、江海關

八、中共中央華東局

接收文物

丙字畫

1、接收字畫之來源

（一）上海市人民政府房地產管理處

二、中國人民銀行華東區發行處人民製裝墨廠

三、上海東方經濟圖書館

四、偽中國國貨銀行

五、上海市疏散難民回鄉生產救濟委員會

六、中共中央華東局

七、國外貿易總公司儲運處

2、接收方法

接收书画

1. 军管会等机关单位移交的文物

　　1949 年 9 月上海市古代文物管理委员会成立，其目的就是为了保护、管理上海地区的古代文物、图书。成立之后就开始陆续接收各类机构移交的文物图书，其中大部分文物都为 1952 年成立的上海博物馆所接收，成为上海博物馆最早的文物来源。移交文物的机构有：中共中央华东局保卫处、中共中央华东局宣传处等。

　　中共中央华东局保卫处移交的文物有 2853 件，这批文物是上海博物馆最早入藏的文物之一。解放战争时期，时任华东军区司令员的陈毅同志就命令作战部队在挖战壕时注意收集和保护地下文物及流散文物。在第三野战军主管这件事的是历史学家李亚农，在他的主持下，保护了大量的文物，这些文物也随着解放大军进入了上海。1949 年 10 月移交给了古代文物管理委员会，成为上海博物馆最早的收藏品。

01

西汉　日有憙连弧纹镜

径 15.6 厘米

中共中央华东局保卫处移交

02

西汉　四兽规矩镜

径 10.6 厘米

中共中央华东局保卫处移交

03

汉　谷纹玉璧

外径 14 厘米，内径 3.6 厘米

中共中央华东局保卫处移交

04

汉　青釉云纹饕餮耳罐

高 30.9 厘米，口径 8.3 厘米，底径 16.8 厘米

中共中央华东局保卫处移交

05
明　龙泉窑青釉刻菊花纹大瓶

高 41.2 厘米，口径 12 厘米，底径 14.8 厘米

中共中央华东局保卫处移交

06
清　景德镇窑青花缠枝莲纹螭耳瓶

高 30.3 厘米，口径 16.2 厘米，底径 11.6 厘米

中共中央华东局保卫处移交

全国仓库物资清理调配委员会华东分会、上海市军事管制委员会财政经济接管委员会房地产管理处、上海市军事管制委员会文化教育管理委员会高等教育处、上海市人民政府卫生局等机关单位在上海解放后就将保管、发现、查没的各类文物移交给上海市文管会，1952年移交新成立的上海博物馆。

01

马家窑文化半山类型网纹双系彩陶罐

高 30.3 厘米，口径 16.2 厘米，底径 11.6 厘米

上海市军事管制委员会文化教育管理委员会高等教育处移交

02

商　龚子觚

高 27.6 厘米，口径 15.5 厘米，底径 9.1 厘米

上海市军事管制委员会文化教育管理委员会高等教育处移交

03

商后期　父乙觯

高 17.8 厘米

上海市军事管制委员会财政经济接管委员会房地产管理处移交

04
西周早期　父辛爵

高 22.5 厘米，全长 18.1 厘米

上海市军事管制委员会财政经济接管委员会房地产管理处移交

05

西晋　青釉印花网纹四系罐

高 11 厘米，口径 8.9 厘米，

底径 7.3 厘米

上海市军事管制委员会财政

经济接管委员会房地产管理处移交

06

北宋　龙泉窑青釉五管罐

连盖高 21.9 厘米，口径 8.4 厘米，

底径 8.8 厘米

上海市军事管制委员会财政

经济接管委员会房地产管理处移交

07

元　钧窑天蓝釉紫斑碗

高 9.2 厘米，口径 20.7 厘米，足径 6.9 厘米

上海市军事管制委员会财政经济接管委员会房地产管理处移交

08

清　浅浮雕变形兽面纹贴黄方胜形盒

底长 10 厘米，宽 6.8 厘米

上海市军事管制委员会财政经济接管委员会房地产管理处移交

09

清　周颢款浅浮雕文人雅集图竹笔筒

高 16 厘米，口径 11.5 厘米

上海市军事管制委员会财政经济接管委员会房地产管理处移交

10

清　朱耷　芦雁图轴

纵 147.6 厘米，横 73.8 厘米

上海市军事管制委员会文化教育

管理委员会高等教育处移交

11

清　高其佩　指画添筹图轴

纵 133.4 厘米，横 71.2 厘米

上海市军事管制委员会文化教育管理委员会高等教育处移交

12

清 翟记昌 幽兰图轴

纵 72.1 厘米，横 31.6 厘米

上海市军事管制委员会文化教育

管理委员会高等教育处移交

13

清　俞樾　隶书四屏

（各）纵 148.2 厘米，横 38.9 厘米

上海市军事管制委员会文化教育

管理委员会高等教育处移交

辟地數畝作室數椽
插槿作籬編茅篇亭

西辥清曠空諸所有
畜山童灌園蔬卅亭

人尤交誼个封弋每

14

清 左宗棠 行书七言联

（各）纵 169.7 厘米，横 44.3 厘米

上海市军事管制委员会文化教育

管理委员会高等教育处移交

中华人民共和国成立，海关也回到了人民手中。新中国的海关严查文物走私，确保中国的文物、古籍图书等重点文化财产不再被走私出国门。上海海关将那些被查扣包括之前被查扣的走私文物移交给上海市文物管理委员会和上海博物馆，其中包括山西浑源地区出土的一批春秋时期的青铜器。

01

春秋晚期　镶嵌兽纹豆

连盖高 16 厘米

上海海关移交

02
春秋晚期　鸟兽龙纹壶

高 44.2 厘米，口径 16.5 厘米，底径 19 厘米

上海海关移交

03
唐　白釉瓶

高 21.2 厘米，口径 1.4 厘米，底径 5.6 厘米

上海海关移交

04

五代　越窑青釉莲瓣纹五管盖罐

连盖高 33.6 厘米，底径 12.9 厘米

上海海关移交

2. 国家拨巨款收购征集的文物

中华人民共和国成立之初，百废待兴，国家仍投入了大量的资金用于抢救文物、保护文物。国家投入巨资收购文物，这也是上海博物馆藏品征集的主要来源。上海博物馆在筹建阶段，由于经费得到保障，征集到了大批珍贵文物，用在上海博物馆开馆时的十大陈列室和绘画专题展上。

01

元 张中 吴淞春水图轴

纵 65 厘米，横 27 厘米

收购

02
明 沈周 折桂图轴

纵 114.5 厘米，横 36.1 厘米

收购

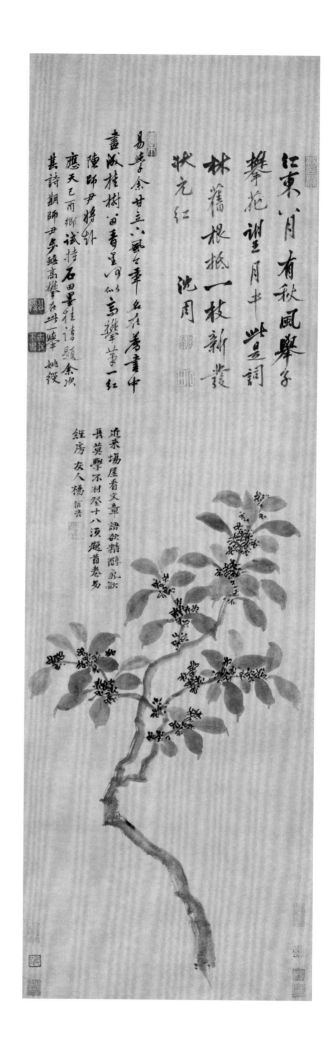

03

明　唐寅　春山伴侣图轴

纵 81.7 厘米，横 43.7 厘米

收购

04
清　王原祁　仿大痴山水图轴

纵 112.1 厘米，横 47.2 厘米

收购

05

清　恽寿平　落花游鱼图轴

纵 65.8 厘米，横 31 厘米

收购

3. 接收原上海市立博物馆等 1949 年前建立的公私博物馆的文物

　　上海市人民政府于 1949 年 6 月接管上海市立博物馆，改名为"上海市历史博物馆"。上海市立博物馆成立于 1935 年，1937 年八一三淞沪会战中遭日军炸毁。抗战胜利后，1946 年 3 月复馆，并迁入四川北路横滨桥馆舍，杨宽为馆长。1951 年 11 月，上海市历史博物馆并入上海博物馆筹备委员会，所藏青铜器、陶瓷器、书画和历史文献等各类文物被上海博物馆接收，为上海博物馆所收藏。

明　彩色釉陶仪仗俑（66 件）

骑马俑通高 37 厘米，俑高 27 厘米

原上海市立博物馆移交

4. 各界人士和团体捐赠的文物

上海市文物管理委员会成立是为了保护上海地区的文物、图书、古迹，同时也是准备在上海这个国际大都市筹建一个"具有规模的代表中国优秀文化传统的博物馆"。为此，胡惠春、潘达于、谭敬、沈同樾、顾丽江等为代表的一大批收藏家，踊跃向上海市文管会、上海博物馆捐赠文物。文物收藏者希望以捐赠文物来支持上海博物馆的成立和建设，希望通过捐赠的方式积极投身于新中国的文化建设。1950 年有 15 人捐赠 443 件，1951 年有 138 人（223 次）捐赠 13403 件，1952 年有 36 人（40 次）捐赠 602 件。其中包括文管会委员胡惠春捐赠青铜器、瓷器 286 件，潘达于捐赠大克鼎、大盂鼎等文物 260 件，沈同樾捐赠"过云楼"庋藏书画等文物 1091 件。

01

商后期　父辛簋

高 15 厘米，口径 18.8 厘米

胡惠春捐赠

02
西周早期　亚伯鼎

高 20.4 厘米，口径 17 厘米

胡惠春捐赠

03

西周早期　卣

连梁高 28.9 厘米

叶叔重捐赠

04
北齐　石狮

高 19.2 厘米

叶叔重捐赠

05
北宋　大晟·蕤宾中声钟

高 27.9 厘米

叶叔重捐赠

清　景德镇窑五彩人物图笔筒

高 17.6 厘米，口径 15 厘米

胡惠春捐赠

（三）上海博物馆的发展

上海博物馆成立之初为一室三部架构：馆长室、保管部、陈列部和群众工作部，另有图书资料组，由馆长室直接领导。以后又成立了考古组，着重开展科学研究工作和考古发掘工作。同时成立出版组，专门负责书画类文物的复制、出版工作。出于文物保护与修复的需要，将文物修整组扩建为文物修复复制工场。

上海博物馆逐步建立起了各项制度，主要包括《文物登记编目条例》《陈列室陈列品保管制度》《库房管理制度》《陈列室保管工作办法》《保管工作中应注意事项》《导引工作暂行办法》《群众活动组工作暂行办法》等，对博物馆基本业务工作的规范做法提出了明确规定。

1959 年，上海博物馆从南京西路 325 号搬迁到河南南路 16 号（原中汇银行大厦），博物馆事业发展进入了一个新的阶段。

1957 年顾丽江先生捐献文物展览

1959 年沈同樾先生等捐献所藏过云楼书画展览

三

同一时期成立的中共一大纪念馆、上海鲁迅纪念馆、上海市历史博物馆

（一）中共一大纪念馆

中共一大会址是党的诞生地，初心始发地，伟大建党精神孕育地。中共一大会址于 1951 年踏勘确认并设立纪念馆，1952 年 9 月对外开放。1961 年 3 月 4 日，中华人民共和国国务院公布中共一大会址为第一批全国重点文物保护单位。1968 年 3 月，上海革命历史纪念馆筹备处改名为中国共产党第一次全国代表大会会址纪念馆（简称"中共一大会址纪念馆"）。1986 年经上海市编制委员会批准，恢复上海革命历史博物馆筹备处，并与中共一大会址纪念馆实行两块牌子一套机构。2008 年 5 月被评为首批国家一级博物馆。2019 年 8 月，纪念馆新馆开工建设。2020 年 7 月，中共上海市委同意在中国共产党第一次全国代表大会会址纪念馆基础上，整合组建中国共产党第一次全国代表大会纪念馆，2021 年 6 月 3 日对外开放。现为全国爱国主义教育示范基地，全国廉政教育基地，国家国防教育基地等。

中共一大会址

中国共产党第一次全国代表大会纪念馆

01

1959 年董锄平给上海革命历史纪念馆筹备处的信

信纸横 19.2 厘米，纵 26.6 厘米

信封横 16.6 厘米，纵 10.1 厘米

1959 年 7 月 19 日，董锄平给上海革命历史纪念馆筹备处写信，回忆关于劳动组合书记部的情况。

中國科学院武漢哲学社会科学研究所用箋

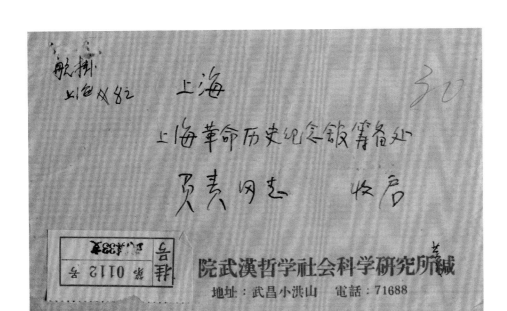

航挂
上海X82　　上海
上海革命历史纪念馆筹备处
夏素同志　　收启

挂号 0112号
院武漢哲学社会科学研究所緘
地址：武昌小洪山　　電話：71688

中國科学院武漢哲学社会科学研究所用箋

　　我去时把信交给秋果同志布置一个理
论辅导上，有省委一般示信，劳动週刊，就
是由处编辑的。

　　我今年有余时间到上海去一趟，到时再到
您处请教，查阅有一切有关资料。我现正
在蒐集湖北革命史的材料，听接董老
传说您处对一代会情况，早经过有整理，
叫我向您处要一份材料作参考，如您处
有打印或復制的文件，可否请给我另一份，
如需印制費，直请示知照付。匆致

敬礼！

董勤军 19,X,59.

02

林则徐奏折

合起横 12 厘米，纵 24.5 厘米，厚 0.4 厘米

展开横 269.3 厘米

1834 年 11 月 28 日，兵部侍郎兼都察院右副都御史巡抚江苏等处地方提督军务总理粮储林则徐上书的奏折。

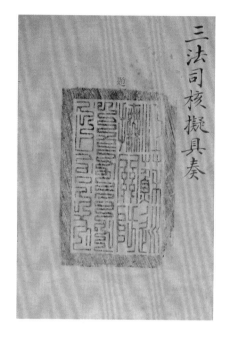

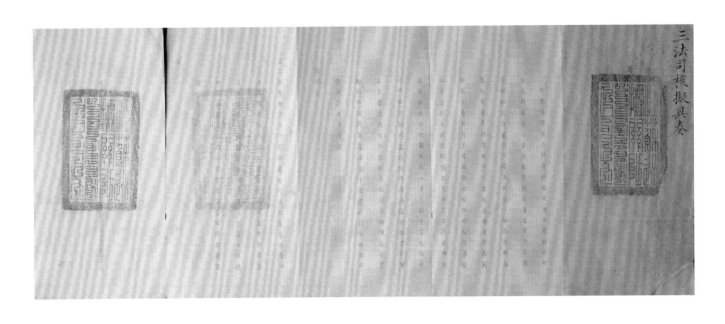

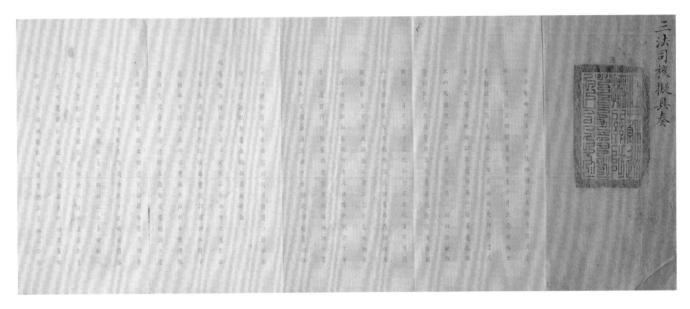

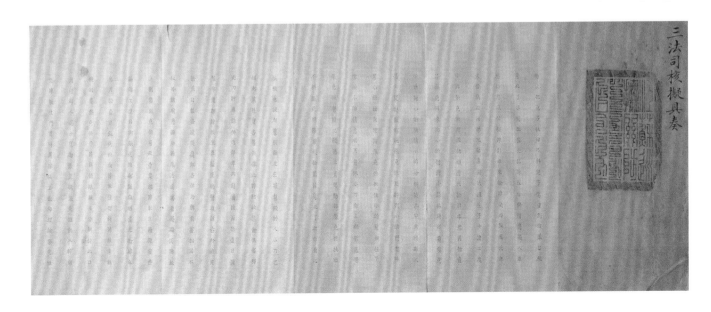

03
上海跑马证章（1921年）

圆形，铜质

直径 3.1 厘米

04
红旗下的中国

（美）斯诺著，赵文华译

横 13.1 厘米，纵 18.9 厘米，厚 0.9 厘米

1937 年 12 月，上海大众出版社刊行，32 开，144 页。有《寻找红色中国》《到红区去》《红色伴侣们》等 13 篇文章。

紅旗下的中國

美國諾斯原著　趙文華譯

上海大衆出版社發行

A・斯諾著

紅旗下的中國

趙文華譯

1937. 12. 20初版

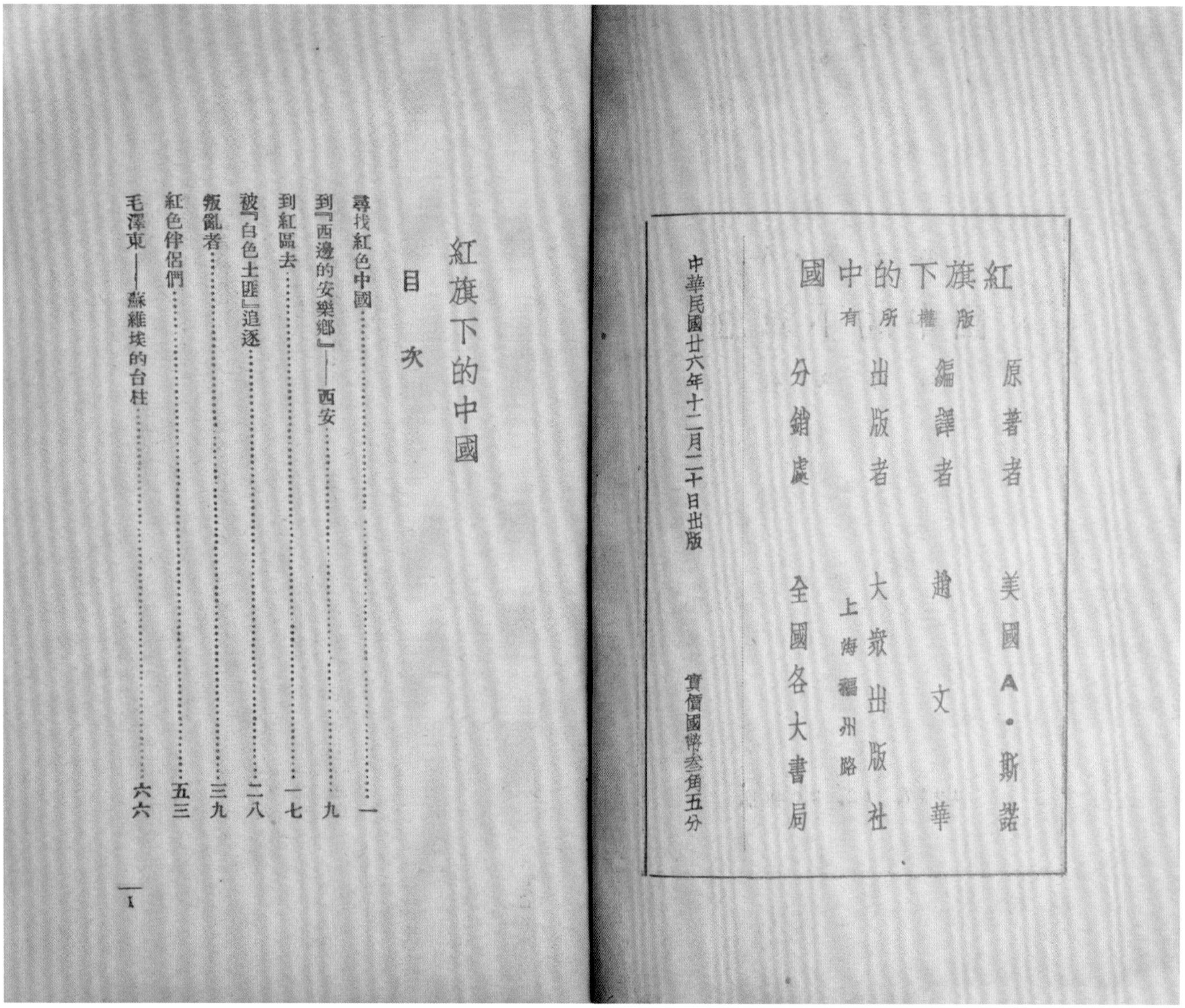

紅旗下的中國

版權所有

原著者 美國 A・斯諾

編譯者 趙文華

出版者 大衆出版社 上海福州路

分銷處 全國各大書局

中華民國廿六年十二月二十日出版

實價國幣叁角五分

紅旗下的中國

目次

2

尋找紅色中國

我在遠東八年期間，大部分時間耗費在中國，關於中國共產黨運動，曾發生好幾百個問題，可是大部分都沒有得到解答。在這些年之中，恐怕在國際間，沒有比尋中國紅軍的故事更神秘的了，恐怕沒有比它更偉大的沒有寫成的新聞史詩了。

紅色中國蘇維埃，在世界上人口最繁的國家的正中心，正在戰爭着，可是九年之間的，竟被如同堅石炮壘一樣有效的新聞封鎖，和外邊隔離起來。百餘萬的國民黨軍隊，組成一座活動的長城，永遠包圍着他們；他們的區域，似乎比起西藏來，更難達到。沒有人穿越過這座長城，而回來寫他的經歷。

中即便在最簡單的各點上，贊成和反對的黨人們，都爭辯過，但是對於尋找客觀——國真理的人們，雙方却都缺乏可靠的證據。下面是每個關心東方政治的人，最感興趣的幾個問題：

1 我們先從什麼是「紅色中國」這一問題開始說起。

（二）上海鲁迅纪念馆

上海鲁迅纪念馆是中华人民共和国成立后第一座人物类纪念馆，同时管理全国重点文物保护单位"鲁迅墓"和上海市文物保护单位"鲁迅故居"，现为全国爱国主义教育示范基地，国家一级博物馆。

纪念馆初设于山阴路大陆新村9号、10号。1950年7月批准建制，8月政务院副秘书长许广平女士来沪指导上海鲁迅故居陈列复原，11月政务院总理周恩来题写馆名。1951年1月面向公众开放。

1956年鲁迅逝世20周年前夕，为进一步加强对鲁迅的纪念，鲁迅墓迁入虹口公园（现名鲁迅公园），并于公园东南角建馆。新馆由建筑大师陈植设计，青瓦白墙、马头式山墙。1999年9月，纪念馆在原址基础上改扩建后重新对外开放。新馆既保留原二层庭院式的江南民居风格的建筑特色，同时又融入了现代博物馆的功能。2016年，上海鲁迅纪念馆建筑入选由中国文物学会、中国建筑学会联合公布的"首批中国20世纪建筑遗产"名录。

上海鲁迅纪念馆

01

周恩来为上海鲁迅纪念馆题写的馆名手迹

宣纸

1950 年 11 月

纵 34.7 厘米，横 21.0 厘米

一级文物

　　1950 年，上海鲁迅纪念馆的筹建工作启动，华东军政委员会拟将山阴路大陆新村 9 号及邻屋 10 号设为馆址。同年 8 月 4 日，时任政务院总理的周恩来同意许广平赴沪指导筹建上海鲁迅纪念馆，11 月下旬，周恩来为上海鲁迅纪念馆题写馆名。

02

陈毅参观上海鲁迅纪念馆题词

宣纸

1955 年 2 月 4 日

纵 27.4 厘米，横 18.4 厘米

二级文物

　　1955 年 2 月 4 日，时任国务院副总理的陈毅至上海鲁迅纪念馆参观并题词："并世不识面，文藻实我师，遗宅频来访，凭吊更依依！"

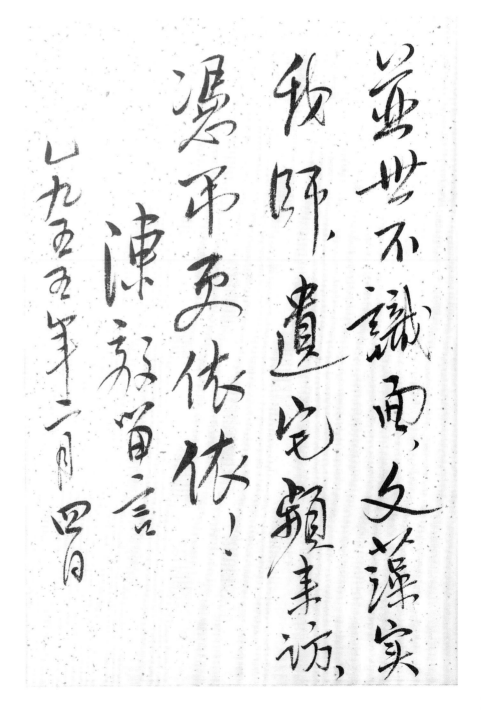

03

鲁迅像

张充仁作

油画

1950 年

纵 76.5 厘米，横 59.5 厘米

    张充仁 1950 年为上海鲁迅纪念馆建馆创作的油画《鲁迅像》，基于写实主义的创作手法，又糅进作者对鲁迅人格魅力的理解，突出鲁迅眼神风采，于平静中见深沉，形似而更神似。这幅肖像系根据鲁迅 1933 年 5 月 26 日的留影而作，将背景处理成前后有明暗对比的深色系，以人物为中心呈现放射状光影；深邃的黑布立领长衫所使用的笔触简单平实，设色沉着厚重，使人感觉人物性格的沉稳、从容；用雕塑般的笔法和技巧，配合温润、丰富而又充满整体性的色彩，将画面中心人物的面部着重突出：无论是向上直立的短发，还是浓黑的一字胡须，以及眼角皱纹和面部气色，坚定而平静地抿着的嘴角，高度还原了鲁迅所说"最精神饱满的一帧"照片中的模样。整幅作品氛围大气，刻画细致入微，堪称肖像画中的佳作。

鲁 迅 像 （张充仁作）

（三）上海市历史博物馆

1952 年 12 月，上海市历史博物馆的前身"上海地志博物馆"（筹备处）正式批复成立。这是上海在新中国成立后筹备的第一家地志博物馆。1954 年，该馆改名为"上海市历史与建设博物馆"（简称"史建馆"），主要征集、收藏地志类文物和地方性革命文物。1958 年 1 月 20 日，史建馆常设陈列布展如期完成。陈列室位于文化广场西侧露台下，面积约 3700 平方米，共有展品 1252 件。

1959 年 5 月，史建馆因故撤销，筹备期间征集的文物分拨到上海市文物管理委员会、上海图书馆、上海工业展览馆、上海革命历史纪念馆（筹备处）等处。

1982 年 8 月，上海历史文物陈列展览筹备工作恢复，1984 年 5 月 27 日上海历史文物陈列馆对外开放。1991 年 7 月 24 日，上海历史文物陈列馆正式更名为"上海市历史博物馆"。

1959 年 7 月 6 日上海市历史与建设博物馆工作人员合影

1994 年开馆的上海市历史博物馆

史建馆时期征集的物华百子大礼轿

上海市历史与建设博物馆陈列主题计划（草案）

　　此书记载了史建馆基本陈列内容，具有极鲜明的时代特色。其中不少罗列的展品均是后来上海市历史博物馆的重要馆藏。

二、太平军第二次进军上海

陈列品	說明要点

反动统治暂时稳定中，外国资本主义加紧侵略和民族资本主义初步发展 1864—1894年

陈列品	說明要点

陈列品	說明要点

一、徐光啓的貢獻

二、科技著作

三、文学著作

四、史学著作

五、

02

上海市历史与建设博物馆筹备处文献目录

　　该书记录了史建馆所收藏的从 1280 年至 1956 年的所有文献资料，包括书籍、刊物、报纸、画报、文件等内容。

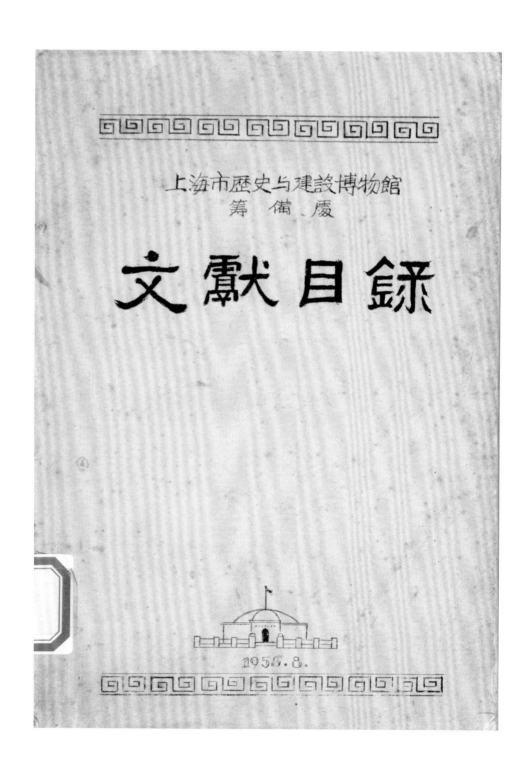

說明

本書目依文獻年代排列，分為書籍、刊物、報紙、通報、文件四類，歷史時期分元、明、清時期（簡稱元、明、清）、舊民主主義革命時期、同标起）、第一次國內革命战争時期（簡稱第一次）、第二次國內革命战争時期（簡稱第二次）、第三次國內革命战争時期（簡稱第三次）。每一時期的文獻、大致按政治、經濟、文化的順序排列。

註

歷史之窗書籍第三次時期和刊物發展擺在二九○至三五○。現在要次二九○至三五○更正擺在一一○之後，請查閱明生意。

歷史之窗
書籍
政治

元明清(1280—1839) 經濟文化

疑耀摘語	4	本	1-1-239
明張之象		明末刻本	
續文獻通考	80	本	1-1-239
明王圻		明府西齊坊萬曆年甲刻本	
農政全書	12	本	1-1-240
明徐光啟	平露堂	明末刻本	
醫宗必讀	5	本	1-1-241
明李中梓		明崇禎丁丑年甲刻本	
經星經緯圖說	1	本	1-1-242
明徐光啟	敬道二字	清代不刊本	
經星經緯表	5·6	本	1-1-243
明徐光啟		清代不刊本	
雷公炮制藥性解	1	本	1-1-25
明李中梓	金元壬敬	清代不刊本	

—1—

新青年季刊	第1—4(4)期	1915
廣州平民書社		
新青年	第1②3·5(2) 1—2—17	
廣州平民書社	45册	1925
北京	1 本 1-2-293	
胡適之編輯	上海發行第十四期	1919
明查周刊	第十四期	147
上海潘注商業學刊 2 本		1919
學雜學生聯合力加印行		
曙光	6 本 第一卷第	64
曙光雜誌社編輯發行1—5號4號有複本一卷		1919
解放與改造	24 本 第一卷第2—8	39
新學會編輯發行 第壹二卷第1—16號		
一卷1(2)2(1)3(2)4(1)5(1)6(2)7(2)8(1)二卷2(1)		
3(1)4(1)5(2)6(1)7(1)8(1)9(1)(10)(11)12(1)13(1)14(1)		
15(1)16(1)凡卷(1) 閱對上面的重複本50册	1919	
少年中國	22 本 第一卷第1—12	1—2—60
少年中國學會主辦 第二卷第1—4.6.7.12卷		
38.39卷		
新潮	第一卷1—5合訂本	354
北京大學新潮社		1919.12
星期評論	為南斗 國民黨江苏省黨部	355
的中國組之而設立之雜志		1919.7.21
中山主義學院擁主		
人道	1 份	176
北京社會實進行會刊行		1920

—301—

新社會	第17號 1份	81
北京社會實進會刊行		1920
少年世界	11册第一卷①223	16
少年中國學會出版 4③2②③7.		1920
通俗叢刊	第二·三期 2 册	356
上海學生聯合會		1920
西遊	35 册 第三卷1(1) 1—2—46	
北京勞學會編 20(3)(3)4.5.(6)7-11		
第四卷1(1)2(1)3(1)4(1)5(1)6(1)7(1)8(1)9(1)16		
第三卷7—12合訂本		1920
新明界	第1—6册 18 册	357
新青年社出版	7 本	1920
共產党	1 本 第一號	358
		1920

1840—1927

評註之辭說	1.2.4 期 3份 國民日報副刊 1-2-86
	1924—3·4
〃 第26.27.28 3份	〃 1-2-86
	1924-9-14 21.25
〃 第29.30.31.32期4份	〃 1-2-86
	1924-10-5 12日
〃 第33.34.35.36.37期5份	〃 1-2-86
	1924-11-29.16.30
〃 第38.39 2份	〃 1-2-86
	1924-12-7 12日

03
上海市文献委员会编印《上海地方志综录》（1948 年）

　　上海市文献委员会于 1946 年由上海市通志馆改组而来。1952 年以该会原有人员为基础成立社会文化事业管理处，负责全市文物博物馆工作，领导筹建上海市历史与建设博物馆。

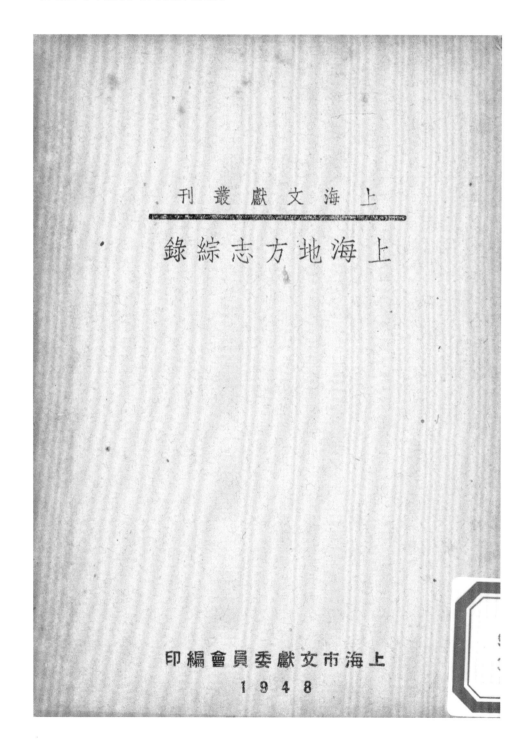

上海地方志綜錄目次

上海地方志綜錄

得八卷，予嘉侯之知所先也，唐君之善志也，推其意序之。序曰：今天下名郡稱縣松，松之屬邑經二：曰華亭，曰上海。上海故華亭之東維耳，至元割爲縣，非獨人之爲也。天之督俗，地之形勢，民之習俗，咸若有殊焉。現其治革有可言者，不可不誌也，故首之以疆域。疆域之中，其大者有二：崎爲山，流爲川。松之勝有九峯三泖，而在上海，山則有若崧福，川則有若青龍黃浦，而上海任其東，斯觀之大者也。重以土產之異，海錯之異，木綿衣被天下，故次之以田賦。松一郡耳，歲賦京師至八十萬，其在上海者，十六萬有奇。故次之以田賦。樓臺亭榭以觀游也，亦不可廢，故次之以建設。古今之任天地，一而津梁堤堘以通利也，則感慨係之。過者踟躇，爲其右也，故次之以右。事往迹遺，則感慨係之。過者踟躇，爲其右也，故次之以右。已矣，事往迹遺，自元迄今，其政往往可書，然不能無遺也。書其可書，其不書者，非遺之也，蓋亦有物戚存焉，故次之以官守。國無小，有人焉則重，上海僻在海隅，而名獨聞者，非財賦之謂也，寶才彙興，實華茲邑。然則使茲邑之有聞，獨不在於八乎？故以人品終焉。弘治十七年歲在甲子閏月之吉，嘉議大夫更部右侍郎詹事府少詹事兼翰林院侍讀學士吳郡王鏊序。」

錢福後序：「上海，華亭一舊鎮也，至元間始割爲縣，屬松江府，「百五十年于茲」，（按上海自至元二十九年建縣，至弘治十七年，已二百一十三年。此云「百五十年」誤。）益繁益茂。天下之以縣稱者，自華亭而下，莫能先焉。而志未有。其聱脧富廡，與華亭同。

而加之以魚鹽雀萑菜之利，乘潮汐上下浦，射貨賤貿易，駿疾數十里，如反覆掌，又多能客販湖襄無遠暫疊之區，不數年而致鉅產，服食傺靡，華亭殆不及焉。然名賢高士，雖不乏人而巨筆碩宦，淵出華亭上矣。遍來屢得文章道德之士作尹以鼓舞之，彬彬蔚征，錯布臺省海，律己廉，撫乘寬，綢繆敏，貧而成吾志者，加之以惠。如是者三年。上乎交孚，行且升矣。而阮於浮議，乘輿不平，公論逡白。神人胥慶。君曰：『吾不喜居此，喜得成吾志也。』尹大縣，而志不作，非吾過歟？「乃屬其邑人唐進士綱撰次之。郭若即所謂道德文章之士而士綱所謂巨筆雅青科甲臺省之一也，則其志爲得其人焉爲，抑亦非真有待也哉！其風俗節奢徇儉，而邑中今野宜春劉金作尹時，簡今日人才之盛，官守之寶。其志烏得不成哉？」其爲卷凡八，賴各有論列，簡而不遺，備而不泛，斂收並蓄，是則可嘉也已。志成，屬余書其後。予聞吏家莫難於志也，書大傳曰：「天子有闊無對，諸之疑而，質之承？」司馬遷不作志，而志之固固其顙末，又不能同其顙末，後來竟相延觀而已，有待於宣固，而班班自宋鄭之忠皆稱志，非特史家一事而已。不尤徵者不能不爲之浩歎焉！今一郡縣各有志，則固各有見矣，與其漠然不顧，孰若舊然有作才戚戚哉？予於是平有取焉。推是以往，成一代之制度，以備理天子之疑丞，不在斯八也夫？予於是平民有待也。弘治甲子閏月十日，賜進士及第翰林院國史修撰郡人錢福序。」

徐光启（1562－1633），字子先，号玄扈，谥文定，上海人。较早师从利玛窦学习西方的天文、历法、数学、测量和水利等科学技术，毕生致力于科学技术的研究，为17世纪中西文化交流作出了重要贡献。这几本图书都是史建馆时期征集且在当时的基本陈列中展出。

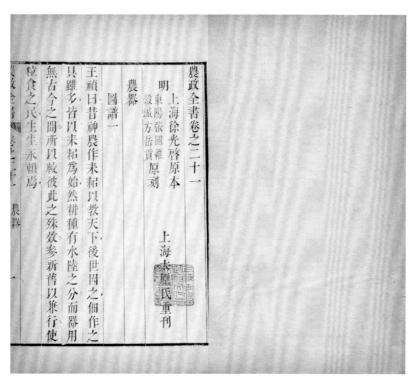

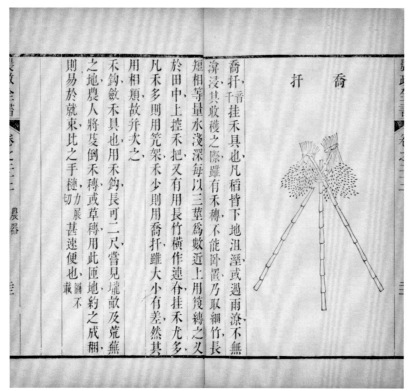

礳

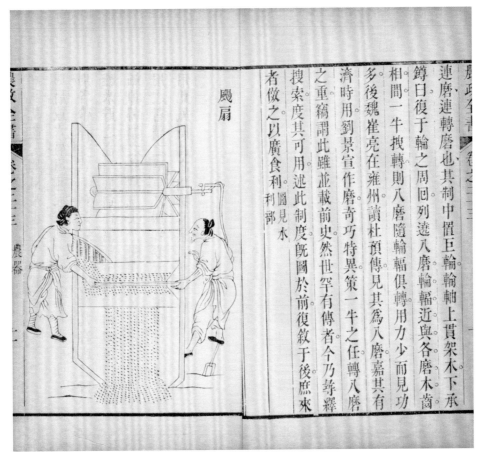

颺扇

農政全書　卷之二十三　　農器

颺扇集韻云颺風飛也揚穀器其制中置簊軸列穿
四扇或六扇用薄板或糊竹爲之復有立扇卧扇之
別各帶掉軸或手轉足蹍扇卽隨轉凡舂輾之際以
穬米貯之高檻底通作區縫下瀉均細如簾卽將機
軸掉轉摵之穬秕旣去乃得淨米又有異之場圃間
用之者謂之扇車凡揉打麥禾等稼穰粃相雜亦須
用此風掘比之枕擲箕簸其功數倍

農政全書　卷之二十三

連礳連轉礳也其制中置巨輪輪軸上貫架木下承
鐏日復于輪之周回列遶八礳輪輻近與各礳木齒
相間一牛拽轉則八礳隨輪輻俱轉用力少而見功
多後魏崔亮在雍州讀杜預傳見其爲八礳嘉其有
濟時用劉景宣作礳奇巧特異策一牛之任轉八礳
之重纂謂此雖並載前史然世罕有傳者今乃翠繹
搜索度其可用逑此制度旣圖於前復敘于後庶來
者倣之以廣食利
　圖見水
　利部

泰西水法

明　徐光启

骨之制曰灌水田二十畝以四三人之力旱歲倍焉高
地倍為駕馬牛則功倍費亦倍焉溪澗長流而用水大
澤平曠而用風此不勞人力自轉矣枝節一葉全車悉
敗焉然而南土水田支分備比國計民生于焉是賴即
茲器所在不為無功已獨其人終歲勤動尚憂衣食乃
至北土旱災赤地千里欲拯斯患乏有進焉今作龍尾
車物省而不煩用力少而得水多其大者一器所出若
決渠焉累接而上可使在山是不憂漭歲與下田去大川數里數十
里鑿渠引之無論水稻若諸水生之種可以必濟即黍
出之計日可盡是不憂高田策為堤塍而
稷菽麥木棉蔬菜之屬悉可灌溉是不憂旱溶治之功
出水當五分之一今省十九焉是不憂疏鑿龍骨之斗
旱燐之年上源枯竭穿渠旁引多用此器下流之水可
令復上是不憂漕也益水車之屬其費力也以重水車
之車也以障水以帆風以運旋本身龍尾者入水不障
水出水不帆風其本身無銖兩之重且交纏相發可以
一力轉二輪遞互連機可以一力轉數輪故用一人之
力常得數人之功又所言風與水能敗龍骨之車也
在鶴膝斗板龍尾者無鶴膝無斗板器車水中擊轉而
已漏水疾風彌增其利故用風水之力而常得人之功

患生物養民積久彌精變化日新焉嗟夫深心實理丐思
圓機誰令人類得與于斯斯亦造物之全能予學道餘暇
偶及茲事一二見智謀相賞欵仍令各制一器夫百工藝
事非道民之末業綺諸君子哀人之深勉副其意仍託
筆為書祥而傳之倘當世名賢體天心立人命經世務憂
時嚱者賜之羲采因而裨民足國或亦遠臣矢心報効之
一斑也
　　萬歷壬子初夏泰西即蘇會士熊三拔謹譔

泰西水法卷之一

　　　　　明　泰西　熊三拔　撰
　　　　　　　吳淞　徐光啟　筆記
　　　　　清南沙　席世臣　校正

用江河之水　為器一種

龍尾車記

龍尾車者河瀕挈水之器也治田之法旱則挈江河之
水入為潦則挈田間之水出為治水之法淺澗則挈水
而入方舟焉疏濬則挈水而出杳鋪焉不有水之器不
得水之用三代而上僅有桔橰東漢以來盛資龍骨龍

06

几何原本

明　徐光启

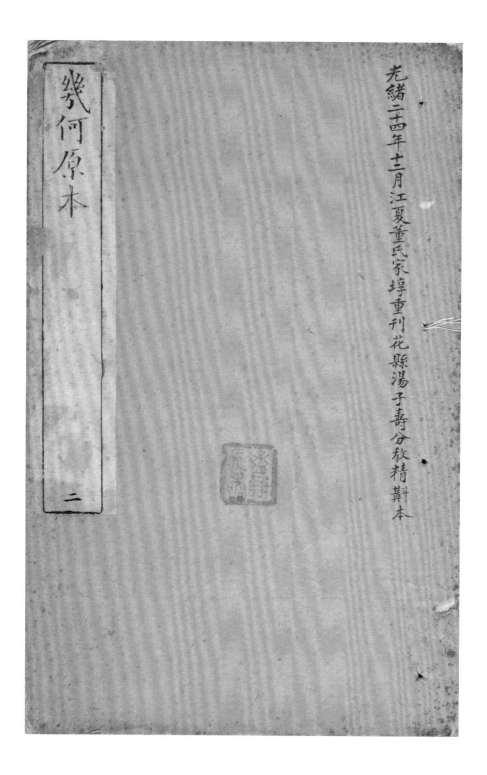

幾何原本第二卷之首

（上半頁・右）

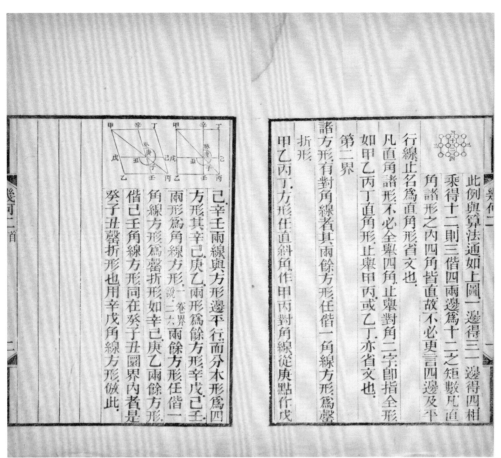

此例與算法通如上圖一邊得三一邊得四相
乘得十二則三偕四兩邊爲十二之矩數凡直
角諸形之內四角皆直故不必更言四邊及平
行線止名爲直角形省文也

凡直角諸形不必全舉四角止舉對角二宗即指全形
如甲乙丙丁直角形止舉甲丙或乙丁亦省文也

第二界

諸方形有對角線者其兩餘方形任偕一角線方形爲罄
折形

甲乙丙丁方形任直斜角作甲丙對角線從庚點作戊

（上半頁・左）

己辛壬兩線與方形邊平行而分木形爲四
方形其辛己庚乙兩形爲餘方形辛戊己壬
兩形爲角線方形一卷界說二六兩餘方形任偕一
角線方形爲罄折形如辛己庚乙兩餘方
偕己壬角線方形同在癸子丑圜界內者是
癸子丑罄折形也用辛戊角線方形做此

幾何原本第二卷之首

泰西　利瑪竇　口譯

吳淞　徐光啟　筆受

界說二則

第一界

凡直角形之兩邊函一直角者其冪爲直角形之矩線

如甲乙偕乙丙函甲乙丙直角得此兩邊即知
直角形大小之度今別作戊線己線與甲乙
丙各等亦即知甲乙丙丁直角形已線與甲乙
戊偕己兩線爲直角形之矩線

勇毅前行

上海博物馆、上海图书馆、上海市历史博物馆的馆址馆舍屡经迁易，这既是城市规划的拓展印迹，也是以三馆为代表的文化机构自我更新的最显著的外在体现。1982 年上海图书馆对南京西路馆进行了扩建，1996 年合并后的上海图书馆（上海科学技术情报研究所）迁入淮海中路 1555 号，2022 年 9 月位于浦东新区迎春路 300 号的上海图书馆东馆正式开放。上海博物馆的陈列设计伴随场馆建设推陈出新，继 1959 年由南京西路迁到河南南路，1996 年人民大道 201 号馆舍全面建成开放，目前，浦东花木地块的上海博物馆东馆正在紧锣密鼓地建设冲刺中。2015 年上海市历史博物馆与上海革命历史博物馆两馆合一，落址南京西路 325 号，2018 年全新的上历博（上革博）对公众开放。南京西路 325 号这座旧址再次成为上海市的新文化坐标，也象征着一代代文化建设者不忘初心、踔厉奋进、勇毅前行，从这里再出发。

一 上海图书馆

1995 年 10 月 4 日，上海市委市政府决定将上海图书馆和上海科学技术情报研究所合并（简称"馆所"），全国第一个省市级图书情报联合体正式建立。

1996 年 12 月 20 日，上海图书馆新馆开馆。新馆占地 3.1 公顷，建筑面积 8.3 万平方米，主楼由 58.8 米和 106.9 米的 2 座塔形高层和 5 层裙房组成，整个建筑呈多维台阶式块体结构，象征文化积淀的坚实基础和人类对知识高峰的不断攀登，成为上海十大标志性文化建筑。上海图书馆新馆开馆，标志着上图跻身世界十大图书馆之列。时任中共中央总书记、国家主席江泽民题词："把图书情报新馆所建成上海的重要信息枢纽和精神文明建设的重要基地。"

上海图书馆东馆位于浦东新区迎春路、合欢路。上图东馆是"十三五"时期上海文化设施建设的重点项目之一。建筑面积约 11.5 万平方米，地上 7 层、地下 2 层。上海图书馆东馆是"人民城市人民建，人民城市为人民"重要理念，高质量高水平规划好建设好运营好重大文化项目，推动打响"上海文化"品牌，更好满足人民群众精神文化需求，打造城市文化"金名片"。

上图东馆与淮海路馆将成为屹立黄浦江两岸交相辉映的两大文化空间。前者侧重于提供面向大众的多元化、主题化、体验型的现代图情服务，努力打造成新一代的阅读文化中心。今后五年，上海加快建设具行世界影响力的社会主义现代化国际大都市，大力弘扬城市精神品格，深入推进国际文化大都市建设。上海图书馆将以建馆 70 周年为新起点，以东馆建成开放为新征程，实现上海图书馆事业发展的又一次腾飞，为上海现代公共文化服务体系更趋完善、国际文化大都市建设彰显新成效作出更突出的贡献。

（一）淮海路馆筹建

为了适应馆藏增长与读者服务的需要，1982年10月，上海市领导决定上报上海图书馆新馆的建设项目。1984年5月，获得国家计委批准后，1986年初，市文化局成立上海图书馆新馆工程筹建处。1985年12月起向国内各大设计单位征集方案，经过三轮方案评审和论证，1989年3月，市建委批准了新馆的方案设计。

1990年11月，时任上海市委书记、市长朱镕基和市委副书记陈至立等领导视察上图，听取新馆筹建工作进展的汇报，提出了"两年准备，三年建成"的要求。市政府把新馆建设列为"八五"期间重大工程项目之一。根据市领导的指示精神，上海图书馆与设计单位——上海民用建筑设计院及其他有关部门和单位进一步密切协作，再次调整和改进设计方案。1993年3月25日，上海图书馆新馆奠基，正式开工建设，同年9月1日打下了第一根工程桩。1995年3月底，新馆建筑结构封顶，开始内外装修和设备安装。历经十多年的筹建与建设，上海读者期盼已久的智慧殿堂亮相了。

淮海路馆奠基仪式

上海科学技术情报研究所

（二）馆所合并

上海科学技术情报研究所成立于 1958 年 11 月 27 日，初属中国科学院上海分院。1961 年 7 月，与新成立的上海市科委情报处两块牌子一个机构，开始负责全市的科技情报管理工作。所址最早在岳阳路 319 号 16 号楼，1969 年 10 月迁至淮海中路 1634 号。

1995 年 9 月，上海市委市政府决定将上海图书馆和上海科学技术情报研究所合并（简称"馆所"），10 月 4 日，全国第一个省市级图书情报联合体正式建立，成为市政府直属事业单位，归口上海市委宣传部领导。馆所合并打破了系统以及体制的界限，合理配置文献信息资源，优势互补，提高图情服务层次，制定了"国内一流，国际先进"的目标。

馆所合并后按照市领导对图情工作必须连续、稳定、创新，工作不断、思想不乱、队伍不散的要求，馆所领导班子团结干部群众，开展了机构重组，业务流程再造，通过新的文献布局与服务空间的调整，不断更新观念，加强干部队伍建设，为市民办实事，馆所面貌为之焕然一新，同时开展新馆开馆准备工作，共同开创图情事业的新时代。

上海图书馆南京西路馆

（三）淮海路馆开馆

1996 年 10 月 3 日，隆重举行了藏书搬迁仪式，捆扎好的书刊装上一辆辆卡车，从南京路老馆驶向淮海路新馆。10 月 29 日，时任中共中央总书记、国家主席江泽民题词："把图书情报新馆所建成上海的重要信息枢纽和精神文明建设的重要基地。"

1996 年 12 月 20 日，上海图书馆新馆开馆。新馆占地 3.1 公顷，建筑面积 8.3 万平方米，主楼由 58.8 米和 106.9 米的 2 座塔形高层和 5 层裙房组成，整个建筑呈多为台阶式块体结构，象征文化积淀的坚实基础和人类对知识高峰的不断攀登，成为上海十大标志性文化建筑之一。馆内设施先进，计算机集成管理系统、特藏善本书库设施、高层书库与一楼读者服务区域间轨道自走小车系统等，在当时国内图书馆界均属一流。图书馆现代化是建设新馆的重要课题，对于特别重要的系统如图书馆集成管理系统，上海图书馆新馆配置了一个当时国内图书馆界最好的系统。办馆理念也实现从"以书为本"转为"以人为本"，在国内图书馆界首先实行"365 天天天开放，360 行行行可以办证"的服务理念。上海图书馆新馆开馆，标志着上图跻身世界十大图书馆之列。

上海图书馆新馆开馆深受上海市民与社会各界读者关注，开馆的头几个月，1 天的借书量相当于老馆 1 个月的借书量，12 天相当于老馆全年的借书量。

上海图书馆书刊从南京西路馆搬迁至淮海路馆

淮海路馆目录大厅

1997 年 5 月 6 日，93 岁高龄的中国文坛巨匠巴金在家属陪同下坐着轮椅兴致勃勃地参观淮海路馆

淮海路馆外景

（四）基本建成世界级城市图书馆

中共中央总书记、国家主席、中央军委主席习近平指出，图书馆是国家文化发展水平的重要标志，是滋养民族心灵、培育文化自信的重要场所。图书馆事业发展要秉持"传承文明、服务社会"的初心，坚持正确政治方向，弘扬优秀传统文化，创新服务方式，推动全民阅读，更好满足人民精神文化需求，为建设社会主义文化强国再立新功。

1996 年，馆所在《"九五"计划和 2010 年远景目标》中提出构建"国内一流、国际先进"的公共图书馆的发展愿景。进入 21 世纪后，馆所上下秉承"精致服务、至诚合作、引领学习、激扬智慧"的核心价值观，以"积淀文化，致力于卓越的知识服务"为使命，致力于以知识导航为核心、图情并重的知识服务体系建设。二十多年来，逐步形成了面向社会公众、面向专业研究群体与企事业单位、面向党政决策部门的"三个面向"图情服务体系。

到"十三五"时期，馆所对标"基本建成世界级城市图书馆"目标，资源建设稳中求进，文献资源建设稳健提速，特色资源收藏求精求新，纸电文献保存规范有序，数字资源开发成效显著，信息基础设施持续扩容，人力资源结构进一步优化；服务效能有效提升，基本公共服务稳中有升，阅读惠民服务模式不断创新，数字服务成效显著提升，阅读推广活动精彩纷呈；服务成果硕果累累，中心图书馆体系建设稳中有进，历史文献研究取得突破，专业文献服务创新效应明显，新型公共科技智库建设成效显著；社会贡献持续扩大，稳步提升公众社会满意度，持续促进行业研究与服务规范发展，跨地区合作推动长三角一体化发展，国际交流助力上海文化品牌建设。

瑞典藏书家罗闻达捐赠罗氏藏书

大唐气象——上海图书馆藏唐碑善本展

"文苑英华——来自大英图书馆的珍宝"英国作家手稿展

（五）东馆开工与建成

上海图书馆东馆位于浦东新区迎春路、合欢路，形似雕琢的玉石。上图东馆是"十三五"时期上海文化设施建设的重点项目之一，于 2017 年 9 月 27 日开工建设，2019 年 9 月 20 日结构封顶，2021 年 12 月完成综合竣工验收备案。上图东馆由丹麦 SHL 建筑事务所与上海建筑设计研究院联合设计，建筑面积约 11.5 万平方米，地上 7 层、地下 2 层。

上海市委书记李强在上海图书馆东馆建设工地调研时指出，要深入贯彻落实习近平总书记考察上海重要讲话精神，认真践行"人民城市人民建，人民城市为人民"重要理念，高质量高水平规划好建设好运营好重大文化项目，进一步优布局、补短板、提品质、强功能，努力打造新的建筑地标、风景地标、文化地标，推动打响"上海文化"品牌，更好满足人民群众精神文化需求，打造城市文化"金名片"。

上图东馆的功能定位是大阅读时代的智慧复合型图书馆，集图书文献信息资源、社科智库研究资源、上海地情研究资源为一体，打造激扬智慧、交流创新、共享包容的"知识交流共同体"，成为市民乐享其中的"书房、客厅、工作室"。

上图东馆与淮海路馆将成为屹立浦江两岸交相辉映的两大文化空间。前者侧重于提供面向大众的多元化、主题化、体验型的现代图情服务，努力打造成新一代的阅读文化中心；后者将通过逐步改造调整，进一步加强面向机构和读者的专业化、知识化、研究型的现代图情服务，努力转型为新一代的服务专业阅读的学习和学术中心。上海图书馆将秉持"智慧（Intelligence）、包容（Inclusiveness）、连接（Interconnection）"的 3I 发展战略，踏上全面建成世界级城市图书馆的"十四五"发展新征程。

今后五年，上海加快建设具有世界影响力的社会主义现代化国际大都市，大力弘扬城市精神品格，深入推进国际文化大都市建设。上海图书馆将以建馆 70 周年为新起点，以东馆建成开放为新征程，实现上海图书馆事业发展的又一次腾飞，为上海现代公共文化服务体系更趋完善、国际文化大都市建设彰显新成效作出更突出的贡献。

二 上海博物馆

（一）河南南路馆

1959 年，上海博物馆从人民广场迁到了河南南路 16 号中汇大厦。馆藏文物已达 11.2 万件，其中大部分是用市政府的财政拨款征集的文物。上海博物馆的基本陈列从原来的 1285 平方米扩大到 2642 平方米，陈列展品从 2011 件增加到 2709 件。陈列方式由按时代排列改为按社会发展阶段排列，分设原始社会、奴隶社会、封建社会前期、封建社会后期、近现代工艺品等陈列室。业务发展的两个中心是"征集传世文物""研究馆藏文物"，倡导"基本陈列和临时展览并举"。

1972 年上海博物馆恢复开放后，把综合陈列改为专题陈列，先后设立青铜器、陶瓷器、书画、古代雕刻四个专题陈列，展品 1400 余件，陈列面积 3400 平方米。上海博物馆开国内博物馆风气之先，1985 年全面开展并机构的改革和展陈改建，用五年时间先后改建了青铜器、陶瓷器、古代雕刻和历代书画四个专题陈列。改建后的陈列内容体现了上海博物馆最新的学术研究成果。所有陈列室都改自然采光为人工采光，充分运用现代照明技术呈现古代艺术品的造型美，提升了观赏效果。四个陈列室的改建竣工受到国内外同行和学者的一致好评。这一系列的改革，使得上海博物馆的发展处于国内文博界的前列，1991 年国家文物局在上博召开全国博物馆工作座谈会，重点介绍了上博的陈列和管理经验。在这一阶段，上博还举办了吴文化考古展等一系列学术研讨会，开启了办一个展览开一个研讨会的模式。

河南南路馆

1959 年上海博物馆搬家

1961 年捐献文物展览

1964 年捐献文物展览

1982 年刘靖基捐赠展

（二）人民广场馆

1992 年 1 月，上海市政府批准上海博物馆人民广场馆立项，1993 年 8 月开始建造，1995 年 12 月试开放，1996 年 10 月 12 日全面建成正式对外开放。上海博物馆人民广场馆舍建筑面积 3.92 万平方米，有地下 2 层，地面 5 层，建筑高度 29.5 米。上海博物馆有中国古代青铜馆、中国古代雕刻馆、中国古代陶瓷馆、中国历代书法馆、中国历代绘画馆、中国历代印章馆、中国明清家具馆、中国古代玉器馆、中国历代钱币馆、中国少数民族工艺馆十个展厅，还有三个临时展厅。丰富的陈列内容、完整的陈列体系和新颖的陈列方式，展现了上海博物馆的综合研究实力。馆藏文物 102 万余件，其中珍贵文物（一二三级品）14 万余件。上海博物馆人民广场馆的建成，标志着上海博物馆迈入了世界先进博物馆的行列，跻身世界一流的博物馆行列。2002 年 1 月在上海博物馆举办"国际博协亚太地区第七次大会"，在国内率先提出无形文化遗产（非物质文化遗产）的理念与研究成果。2003 年 3 月举办"国际博物馆馆长高峰论坛"。2008 年 3 月与解放日报合作，邀请英国大英博物馆、法国卢浮宫博物馆、美国纽约大都会博物馆、俄罗斯国立艾尔米塔什博物馆和故宫博物院与上海博物馆一起，围绕"人类文明的共享与弘扬"主题形成共识。上海博物馆以世界古代文明系列展、边远省份文物精品展、特别文物系列专题展为展览方向和目标，馆藏文物珍品展更是体现出上海博物馆高质量的学术水平。近年来，上海博物馆加强中外优质文博资源整合配置，做强"何以中国""对话世界"等系列展览品牌。至 2021 年底，上海博物馆共举办各类展览 150 多个。同时，上海博物馆与世界的交流日益加强，举办各类展览 120 多个，宣扬中华文化，促进中外文化的交流。

上海博物馆还是国内探索文创产品开发经营的领先者，年均开展社会教育普及活动 800 余场，在中国文博界起到了示范作用。助力共建"一带一路"倡议，开展"丝绸之路"历史研究、考古发掘与调查、文物修复与保护、展览交流、人才培养等多领域全方位合作，深入推进文明交流互鉴。"敬业、创新、一流、合作、务实"成为了上海博物馆的精神理念。

人民广场馆开馆

1998 年新疆丝路考古珍品展

2003 年淳化阁帖特展

大盂鼎大克鼎分别四十多年再重逢

2004 年百岁寿星潘达于捐赠大盂鼎大克鼎回顾特展

2015 年方寸寄怀——夏衍旧藏珍邮展

2017 年大英博物馆百物展：浓缩的世界史

2021 年高山景行——上海博物馆受赠文物展

2016 年 1 月 28 日上海博物馆首次与上海市人民政府外事办公室联手举办特展夜场活动

（三）东馆

为推进上海国际文化大都市建设，优化城市文化布局，上海市委、市政府做出重要决策，在浦东花木地区新建上海博物馆东馆。上海博物馆东馆于 2015 年 12 月底立项。占地面积 4.6 万平方米，总建筑面积约 11.32 万平方米，地上 6 层，地下 2 层，总高 45 米。东馆建成后，将与上海科技馆、东方艺术中心、上海图书馆东馆等文化设施形成集群效应。

上博东馆建筑外观庄重素雅，以曲面与平面的结合象征上海"海陆交汇"的地理位置，"中西合璧"的文化特质，打造面向社会各界的城市会客厅。

上海博物馆总体定位是"世界顶级的中国古代艺术博物馆"。在东馆建设的同时，上博将实现展陈体系及博物馆功能的全面提升，形成"两馆一体、联动东西、特色清晰、相辅合璧"的总体格局。两座馆舍分别坐落于两大中心板块，将成为市民文化活动的核心场所。上博展陈也将发扬城市文化精神，落实"人民城市人民建，人民城市为人民"的要求，以常设展为主，构建海内外体系最完整的中国古代艺术通史陈列，并着力展示海派文化与江南文化。上博东馆共有大小厅 20 余个。

上海博物馆在建馆 70 周年之际，公布了"大博物馆计划"——未来博物馆将构建以人民广场本馆、东馆和长江口二号古船为核心的北馆"一体三馆、全城联动"的格局，以打造中华文化"精神家园"和人类文明"百科全书"为立馆使命，力争在"十四五"期间建成中国特色、世界一流博物馆，"一带一路"文明交流全球核心博物馆，世界顶级的中国古代艺术博物馆。

建设中的东馆

三 上海市历史博物馆

1994 年 10 月，上海市历史博物馆基本陈列"近代上海城市发展历史陈列"正式向公众开放。1999 年后，上海市历史博物馆利用自身馆藏和研究力量，为东方明珠量身打造了"上海城市历史发展陈列馆"，成为上海代表性文化旅游场所之一。

2015 年 11 月，在上海市委市政府的决策下，上海市历史博物馆与上海革命历史博物馆两馆合一正式落址南京西路 325 号原跑马总会大楼。这幢大楼再次成为上海市新的文化地标。

2018 年 3 月 26 日，经过修缮、改造、布展等一系列工作，全新的上海市历史博物馆（上海革命历史博物馆）（简称"上历博（上革博）"）正式向公众开放。上历博（上革博）新馆基本陈列遵循"以城市史为脉络，以革命史为重点"的原则，简明扼要地贯穿了目前上海行政区划下 6000 平方公里内历经 6000 年的历史，展现了城市发展各个历史时期的重要节点和重大革命历史事件。

未来的上历博（上革博）将继续对标国际最高标准、最好水平，围绕上海的红色文化、海派文化和江南文化，运用新技术新理念，讲好上海故事，传播中国声音，扩大国际影响！

上海市历史博物馆（上海革命历史博物馆）南京西路入口处

历史与科技碰撞出的互动展项

上历博（上革博）夜景

结 语

  1952 年上海博物馆和上海图书馆在原跑马总会大楼建成，使得这座建筑功能发生了变化，被赋予了崭新的文化象征，上海的博物馆、图书馆文化事业从这里出发，蓬勃发展，创造了各自的辉煌。同时期建立的中共一大纪念馆、上海鲁迅纪念馆等也都取得了极大的发展。原跑马总会大楼现在又成为了上海市历史博物馆（上海革命历史博物馆）的馆址所在，成为上海新的文化地标。1952 年上海博物馆和上海图书馆等文化单位的建立，是上海文博、图书等文化事业的新起点。从这里出发，从这座城市文化地标原点出发，70 年来，随着城市规划的拓展和机构自身建设的充实提升，博物馆、图书馆、纪念馆的面貌屡经更新。而植根于国家、民族历史文化沃土，借鉴吸收人类一切优秀文明成果，推进文明交流互鉴，与时代共同进步，则是一代代文化建设者矢志不渝的目标与准则。回首七十载春秋，我们从这里出发，守正创新，继往开来。

指导单位：

中共上海市委宣传部

上海市文化和旅游局（上海市文物局）

主办单位：

上海博物馆

上海图书馆

上海市历史博物馆（上海革命历史博物馆）

上海市博物馆协会

协办单位：

中共一大纪念馆

上海鲁迅纪念馆

展 览 总 策 划	陈超、褚晓波、周群华
内 容 策 划	陈杰、裘争平、吴敏、张东
项 目 统 筹	上海图书馆：张晓翔
	上海市历史博物馆：陈汉鸿、彭晓民
	上海市博物馆协会：陈云柯、何雅琼
陈 列 设 计	上海博物馆：伍靖慧、袁启明
	上海市历史博物馆：张牡婷
图 录 撰 文	陈超、褚晓波
展 品 诠 释	上海博物馆：钟无末
	上海图书馆：陈颖、林宁、徐潇立
	上海市历史博物馆：陈汉鸿、邵文菁
	中共一大纪念馆：贾怡萍
	上海鲁迅纪念馆：仇志琴、丁佳园
展 品 摄 影	上海博物馆：薛皓冰、朱琳、张旭东、陆铖、沈量
	上海图书馆：王芳、肖允喆、唐云琪
	上海市历史博物馆：高健
	上海鲁迅纪念馆：邢魁
展 品 运 输	上海图书馆：王旭东
	上海市历史博物馆：谭珊珊
	中共一大纪念馆：贾怡萍
	上海鲁迅纪念馆：仇志琴、何昊佩
文 物 保 护	上海博物馆：黄河、沈敬一、徐方圆
	上海图书馆：顾彧平、樊兆鸣、吕迎吉、张舒
	上海市历史博物馆：马扬晔
	中共一大纪念馆：贾怡萍

图书在版编目（CIP）数据

从这里出发：上海博物馆、上海图书馆建馆70周年
联展 / 上海博物馆编. -- 上海：上海书画出版社，
2022.12

ISBN 978-7-5479-2990-2

Ⅰ.①从… Ⅱ.①上… Ⅲ.①上海图书馆－图书馆史
－图录②上海博物馆－历史－图录 Ⅳ.
①G259.275.1-64②G269.275.1-64

中国版本图书馆CIP数据核字(2022)第236458号

从这里出发
上海博物馆、上海图书馆建馆70周年联展

上海博物馆 编

主　　编	褚晓波
责任编辑	王　彬　袁　媛
编　　辑	凌瑞蓉
审　　读	雍　琦
装帧设计	张晶晶
图像制作	白瑾怡
美术编辑	盛　况
技术编辑	包赛明
印装监制	朱国范

出版发行　上海世纪出版集团
　　　　　⑨上海书画出版社
地　　址　上海市闵行区号景路159弄A座4楼
邮政编码　201101
网　　址　www.shshuhua.com
E-mail　 shcpph@163.com
设计制作　上海贝贝埃艺术设计有限公司
印　　刷　上海中华商务联合印刷有限公司
经　　销　各地新华书店
开　　本　635×965　1/8
印　　张　25
版　　次　2022年12月第1版 2022年12月第1次印刷

书　号　　ISBN 978-7-5479-2990-2
定　价　　280.00元

若有印刷、装订质量问题，请与承印厂联系